Truman Capote

蒂凡尼的早餐

〔美〕杜鲁门·卡波特 著
涂艾米 朱子仪 译

南海出版公司

献给杰克·邓菲[1]

---

[1] 杰克·邓菲(1914—1992),美国小说家、剧作家,与杜鲁门·卡波特维持了将近四十年的伴侣关系。

目 录

蒂凡尼的早餐　　　1
夏日十字路口　　　109
后记（村上春树）　　219

蒂凡尼的早餐

涂艾米　译

我常常忍不住回到我曾经生活过的地方，回到那些房屋和附近的街道。比如东七十几街上有一幢褐砂石的楼房，战争刚开始那几年，我在纽约的第一套公寓就在那里。那是一个单间，里面塞满了本该堆在阁楼上的闲置家具，有一张沙发和几把包了软垫的鼓鼓囊囊的椅子，是那种让人浑身发痒，会联想到大热天坐电车的红色天鹅绒。墙上刷着灰泥，颜色就像嚼过的烟草。到处都挂着年头久远斑驳发黄的罗马遗址的小画，连浴室里都是。公寓唯一的窗户正对着防火梯。即使这样，每次我在兜里摸到这间公寓的钥匙，精神都会振奋起来。房间昏暗，但它毕竟是我自己的地方，是第一个只属于我自己的地方，那里有我的书，还有几桶没削的铅笔，于是我觉得我要成为作家所需要的一切都有了。

那些日子里，我从没想过要写下关于霍莉·戈莱特利的事，要不是和乔·贝尔的那次谈话勾起了我对她的全部记忆，也许到现在我也不会想到写下她的故事。

霍莉·戈莱特利曾是这幢老褐砂石楼房的租客，她租的公寓就在我楼下。至于乔·贝尔，他在列克星敦大道上的拐角处开着一家酒吧，现在还在经营。我和霍莉过去一天经常要去六七趟，倒不是为了喝酒——至少不是每次都为了喝酒——而是去打电话：战争时期很难安装私人电话。此外，乔·贝尔还负责给我们传话，这简直帮了霍莉大忙，因为找她的人太多了。

当然这都是些往事了，直到上周，我已经有好几年没见过乔·贝尔了。我们断断续续地保持着联系，而我在路过他酒吧附近时偶尔也会进去坐坐。但实际上，我们俩从来都不是那种交情很深的朋友，只不过因为我们都和霍莉·戈莱特利交好。乔·贝尔脾气并不好，他自己也承认，他说这是因为他是单身汉而且有胃酸的毛病。凡是认识他的人都会告诉你，他很难打交道。如果你和他没有共同爱好，那就更不可能了，而霍莉就是他的爱好之一。其他还有：冰球、魏玛猎狗、《咱们的姑娘星期天》（他收听了十五年的广播肥皂剧），还有吉尔伯特与沙利文合作的歌剧——他自称和其中一位是亲戚，但我记不得是哪个了。

因此，上周二的下午晚些时候，电话响了，我听到对面说"我是乔·贝尔"时，就知道一定是跟霍莉有关。他并没有这么说，只说："你能快点赶过来吗？有要紧事。"他沙哑的嗓音中有一丝激动。

冒着十月的瓢泼大雨，我打了辆出租车，路上我甚至想霍莉可能就在那里，这样我可以再次见到她了。

但是酒吧里除了老板空无一人。和列克星敦大道上的其他酒吧相比，乔·贝尔这里十分清静，没有霓虹灯，也没有电视。从两面陈旧的镜子里可以看到外面的天气。吧台后面的墙上有一个壁龛，里面总是摆着一大盆鲜花——那是乔·贝尔精心照料的，四周环绕着冰球明星的照片。我踏进酒吧时他正在摆弄这盆花。

"当然了。"他边说边把一枝剑兰深深地插入盆里，"如果不是因为我想听听你的意见，我当然不会把你叫到这儿来。古怪得很，有件事发生得非常古怪。"

"你有霍莉的消息了？"

他的手指摆弄着一片叶子，像是拿不准该怎么回答。他是个小个子男人，有一头浓密的粗硬白发，瘦削凹陷的脸更适合长在高个子的人身上。他的面部肤色像是被永久晒伤了似的：现在它变得更红了。"也说不上是霍莉的确切消息。我的意思是，我不清楚。所以我才想听听你的意见。我先来给你调杯酒吧，新玩意儿，他们管这个叫'白色天使'。"他一边说着，一边把一半伏特加和一半杜松子酒混在一起，不加苦艾酒。在我喝他调的酒时，乔·贝尔站在那儿嚼一块抗胃酸药片,脑子里琢磨着该告诉我什么。然后他开口了:"你还记得那个 I.Y. 汤濑先生吗?日本来的那位。"

"从加利福尼亚来的。"我说,我对汤濑先生记得清清楚楚。他是一家画报社的摄影师,而我认识他那会儿他住在这幢褐砂石楼房顶层的一套单间公寓里。

"别打岔。我只是问你知不知道我说的是谁?好吧。那么,昨晚大摇大摆走进来的人正是这位 I.Y. 汤濑先生。我大概有两年多没见过他了。然后你猜猜他这两年上哪儿去了?"

"非洲。"

乔·贝尔不再嘎嘣嘎嘣地嚼他的抗酸片了,他眯起眼睛。"你是怎么知道的?"

"在温切尔的专栏里读到的。"事实上我真的是在那里读到的。

他丁零零打开收银机,取出一个牛皮纸信封。"嗯,看看你在温切尔的专栏里见没见过这个。"

信封里有三张照片,大致相同,只不过是从不同角度拍摄的:一个瘦高的黑人,穿着一件印花棉布衬衫,露出有些羞怯但又自负的微笑,手里拿着一件奇怪的木雕,那是一个姑娘的细长头像,头发像小伙子一样短直平顺。一双光滑的木头眼睛特别大,在瓜子脸上显得有些凸出。她的嘴巴很宽，咧得又开，颇像小丑的嘴。乍一看，这像是一件原创的木雕；再细看就不是了，这简直就是霍莉·戈莱特利的翻版，至少对于这么一件黑乎乎的静态物件来说，已经足够逼真了。

"现在，你怎么看这个？"乔·贝尔满意地看着我一脸困惑的样子。

"这个看起来很像她。"

"听着，小子。"他拍了拍吧台，"这就是她。我敢保证，这绝对是她。那个小日本佬一见到她就知道是她。"

"他看到她了？在非洲？"

"啊，只看到了那个雕像。但效果都是一样的。你自己看看这些事实吧。"他翻过一张照片，背面写着：木雕，S部落，托科库尔，东安格利亚，一九五六年圣诞节。

他说："那个日本佬是这么说的。"故事是这样：圣诞节那天，汤濑先生带着他的相机经过托科库尔，这是个小村子，坐落在一片偏僻无趣的小树丛中，那里只有一些泥屋，院子里有猴子，屋顶上还有秃鹫。他本来打算继续走，突然看到一个黑人蹲在门口，正在一根手杖上雕刻猴子。汤濑先生很是赞叹，请求看看他的其他作品。于是，他看到了那女孩的头像雕刻。他感觉——他是这样告诉乔·贝尔的——就像置身在一场梦中。但当他提出要买下这个头像时，那个黑人用手遮住了私处（这明显是一个表示喜爱的手势，相当于轻拍胸口）说不卖。一磅盐再加十美元，一块手表和两磅盐再加二十美元，再高的出价都没能打动他。不管怎样，汤濑先生决心要搞清楚这件雕刻是怎么来的。他付出了他的盐和手表，这段故事才以非洲土话、蹩脚的英语和手势传达给他。据说那年春天，有三个白人骑着马从灌木丛中出现。那是一个年轻女人和两个男人。两个男人都因为发烧红着眼睛，被迫在一间偏僻的泥屋里哆嗦着隔离了好几个星期，而年轻女人则对这位木雕匠产生了好感，与他同睡一张席子。

"这一段我不信。"乔·贝尔厌恶地说，"我知道她不按常理出牌，但是我不信她会做出这种事。"

"然后呢？"

"然后就没有了。"他耸耸肩，"过了不久，她就像来时那样，骑着马离开了。"

"一个人，还是和那两个男人一起？"

乔·贝尔眨了眨眼。"我猜是和那两个男人一起吧。那个日本佬，他在那个国家到处打听她的下落。但再也没有人见过她。"他仿佛能够感觉到我内心的失望，这种情绪也传递给了他，但他并不想承认，因为他接下来说："你得认清一件事，这可是不知道多少——"他扳着手指算了算，数不过来，"——年来唯一确切的一条消息。我只希望，我希望她有钱。她一定要很有钱。你得有钱才可以在非洲到处转悠。"

"她很可能从来没有踏上过非洲。"我说。我相信是这样,但我能想象她就在非洲,那种地方就是她会去的地方。我又看了看那些木雕头像的照片。

"你知道这么多,那她到底在哪里?"

"死了。或者进疯人院了。或者结婚了。我觉得她是结婚安定下来了,也许就在这座城市里。"

他思考了一会儿。"不,"他摇了摇头,"我来告诉你为什么。如果她就在这座城市里,那我肯定见过她。你想,一个喜欢散步的人,像我这样喜欢散步的人,一个已经在街上走了十年、十二年的人,这些年他的眼睛一直寻找一个人,却从来没有见过她,这不是很明显她根本不在这里吗?一直以来我都能在一些人身上看到她的影子:那扁平的小屁股,任何一个身体挺直、快步走路的瘦姑娘——"他停顿了一下,仿佛突然意识到我在多么专注地看着他。"你以为我魔怔了?"

"不是,我只是不知道原来你爱上了她。"

我后悔说了这话,这让他很不安。他抓起那些照片,把它们放回信封里。我看了看手表,虽然我也没有什么地方要去,但我觉得最好还是离开。

"等等。"他抓住我的手腕说,"我当然爱她。但不是那种想触碰她的爱。"然后收起了笑容,又继续说:"不是说我不考虑那方面的事。即使到了我这个年纪——我一月十号就满六十七岁了——这也是一个奇怪的事实。但年纪越大,心里却越想那方面的事情。我不记得我年轻时有这么频繁地想这种事,但现在每分钟都会想。可能是年纪越大,越难将想法付诸行动,所以这些想法就会盘旋在脑子里,成为一种负担。每当我在报纸上读到一个老人做了丑事,我就知道是因为这种负担。但是——"他倒了一杯威士忌,一口喝了下去,"我绝不会让自己出丑。我发誓,我从没有想过和霍莉那样。你完全可以爱一个人而不动那种念头。你只把她们当作陌生人,一个可以做朋友的陌生人。"

两个男人走进酒吧,看来是时候离开了。乔·贝尔跟着我走到门口。他再次抓住我的手腕。"你相信吗?"

"相信你不想碰她?"

"我是说非洲的事。"

那一刻,我好像记不起那个故事了,只能想起她骑马远去的画面。"无论如何,她已经走了。"

"是啊,"他说着打开了门,"就这么走了。"

酒吧外,雨已经停了,空气中只有一层雨水留下的薄雾,于是我转过拐角,沿着褐砂石楼房所在的那条街走下去。那是一条有树木的街道,夏天树叶给人行道上投下凉爽的阴影;但是现在树叶已经变黄,大部分已经凋落,雨水让它们变得湿溜溜的，让人脚下打滑。这幢褐砂石楼房坐落在街区的中段，旁边是一座教堂，教堂蓝色的塔钟定时鸣响。我从那里搬走后，房子已经翻新过了：一扇漂亮的黑色大门取代了以前的毛玻璃门，窗户也都安装了雅致的灰色百叶窗。我记得的人都已经不住那里了，只剩下莎菲亚·斯班涅拉太太，她是一位身体结实的花腔女高音，每天下午都会去中央公园滑轮滑。我知道她还住在那里，因为我走上台阶，看了看信箱。就是其中一个信箱，当初让我注意到了霍莉·戈莱特利。

住进那栋房子大约一个星期后，我注意到二号公寓信箱的姓名槽里放了一张新奇的卡片。卡片上的字迹很正式，像是卡地亚的风格，上面写着"霍莉迪·戈莱特利小姐"；而在下面的角落里，用一行小字写着"旅行中"。这两行字就像旋律萦绕在我的脑海中，"假日小姐轻装上路，旅行中"[1]。

一天晚上，已经过了午夜十二点，我被汤濑先生在楼梯上的叫嚷声吵醒了。由于他住在顶楼，声音响彻整幢楼房，既恼怒又严厉。"戈莱特利小姐！我必须得抗议了！"

从楼底下传来的声音透着俏皮，又有些漫不经心。"噢，

---

[1] 霍莉迪·戈莱特利的英文为 Holiday Golightly，Holiday 意为假日，Golightly 是 Go 与 lightly 的组合，意为"轻装上路"。

亲爱的，我真是抱歉。我把该死的钥匙给弄丢了。"

"你不能再这样按我的门铃了。还请你务必，务必给自己配一把钥匙。"

"但我总是把它们弄丢。"

"我是要上班的，我需要睡觉。"汤濑先生大喊道，"但是你总是按我的门铃……"

"噢，别生气呀，亲爱的小个子：我不会再这样了。如果你答应我不生气——"她的声音更近了，她在上楼梯，"我也许会让你拍几张我们提到过的那些照片。"

这时我已经下了床，开了一条门缝。我能听到汤濑先生的沉默：说听到，是因为这伴随着他明显的呼吸起伏。

"什么时候？"他说。

那姑娘大声笑起来。"改天。"她拖着声音回答。

"随时。"他说完，关上了门。

我来到走廊，靠在栏杆上，刚好能看到楼下又不被别人发现。她刚刚还在楼梯上，现在到了楼梯平台。走廊的灯光照在她杂色的男孩子样式的头发上，映射出一条条茶色，还有一绺绺亚麻金和黄色。那是一个温暖的夜晚，即将入夏，而她穿着一条凉爽的黑色修身连衣裙，踩着黑色凉鞋，戴着一串珍珠贴颈项链。她的身材像时下流行的那般纤瘦，整个人却散发着如同早餐麦片一样的健康气息，一种香皂和柠檬的清新感，脸颊上泛着质朴的粉红色。她的嘴巴宽大,鼻子上翘。一副墨镜遮住了她的眼睛。那是一张比童年时期更成熟的脸庞,但还不完全属于一个女人。我猜她大概在十六岁到三十岁之间;后来我知道,她还差两个月满十九岁。

她不是一个人,后面跟着一个男人。他的胖手抓住她的臀部,这种姿势看起来多少有些不妥:不是道德上的,而是美感上的。他矮小壮硕,皮肤像用太阳灯照过那般黑红,头发抹了发油,穿着一套细条纹西装,翻领上别着一枝枯萎的红色康乃馨。当他们到达她的门口时,她在包里一阵乱翻寻找钥匙,毫不在意他肥厚的嘴唇贴着她后颈磨蹭。终于,她找到钥匙打开门,转过身热情地对男人说:"谢谢你,亲爱的——你真是太贴心了,送我回家。"

"嘿,宝贝!"他说,门正在他面前关上。

"怎么了,哈利?"

"哈利不是我。我是锡德。锡德·阿巴克。你喜欢我的呀。"

"我崇拜你,阿巴克先生。不过,晚安,阿巴克先生。"

阿巴克瞪着眼睛看着门被紧紧关上。"嘿,宝贝,让我进去宝贝。你喜欢我的宝贝。

"我是个招人喜欢的人。我不是买单了吗?就那五个人,你的朋友们,我之前都没见过他们。就凭这一点,难道你不该喜欢我吗?你是喜欢我的,宝贝。"

他轻轻敲了敲门，接着敲得更响了；最后，他后退了几步，弓起身体，重心下沉，好像要冲过去撞门一样。但他没有这么做，而是转身冲下楼梯，一拳砸在墙上。就在他冲到楼底时，那姑娘的公寓房门打开了，她探出头来。

"噢，阿巴克先生……"

他转过身，脸上露出如释重负的笑容：她刚才只是闹着玩的。

"下次哪个姑娘跟你要洗手间小费，"她大声说，完全不是在开玩笑，"听我的劝，亲爱的：别只给人家二十美分！"

她兑现了对汤濑先生的承诺；或者我猜她再也没有按他的门铃，因为接下来几天，她开始按我的门铃。有时在凌晨两点，甚至三点、四点……她毫不在意在什么时间把我从床上叫起来，帮她按下电钮打开楼下的大门，而且我没什么朋友，不会有人这么晚来找我，所以我一直知道就是她。但在头几次发生这种事时，我起身到门口，半期待着是有什么坏消息，或许是一份电报。然后戈莱特利小姐就会在下面喊："对不起，亲爱的——我忘记带钥匙了。"

当然我们从未碰过面。事实上，在楼梯上，在大街上，我们经常打照面；但她好像完全没看到我一样。她从不摘下墨镜，总是打扮得很整齐，她衣服的简约风格中始终透露出一种特别的品位，那些蓝色、灰色以及缺乏光泽的衣服反而衬托得她本人光彩夺目。人们可能会认为她是个摄影模特,也许是个年轻女演员,但是从她的作息时间来看,她显然根本没有时间成为这两种人中的任何一个。

偶尔我会在我们街区之外的地方碰见她。有一次,一个来访的亲戚带我去了"21酒家",在那里,在一张高级餐桌旁,戈莱特利小姐被四个男人环绕着,阿巴克先生不在其中,不过他们和阿巴克先生没什么两样。戈莱特利小姐漫不经心地在公共场合梳理头发;她那种压着哈欠的表情也用实际行动浇灭了我在这么时髦的地方用餐的兴奋感。又有一个晚上,已经到了盛夏时节,房间里的暑气把我逼到了大街上。我沿着第三大道走到了五十一街,那儿有一家古董店,橱窗里有一件我非常喜欢的陈列品:一个鸟笼宫殿,这是一座用宣礼塔和竹屋组成的清真寺,只等把喋喋不休的鹦鹉放进去了。但它的价格是三百五十美元。回家路上,我注意到一帮出租车司机聚集在P.J.克拉克夜店门口,很显然是被一群兴高采烈的澳大利亚军官吸引过去的。军官们喝得醉醺醺,正用男中音唱着《丛林流浪》[①]。他们一边唱,一边轮流和一个姑娘在高架桥下的鹅卵石路上旋转跳舞;而那个姑娘,正是戈莱特利小姐。她像一条丝巾,轻盈地在他们怀里旋转。

抛开为她提供门铃的便利外,戈莱特利小姐对我的存

---

① 澳大利亚著名民谣。

在毫无意识,而我却在那个夏天成为最了解她存在的权威。通过观察她门外的垃圾桶,我发现她的固定读物涵盖了八卦小报、旅行手册和占星图;她抽一种叫皮凯尤的小众香烟;靠茅屋干酪和梅尔巴吐司维持生命;她那五颜六色的头发是自己染的。同样的来源也表明她收到了成捆的胜利邮件①。这些邮件总是被撕成条状,就像书签。我偶尔经过时自己拿一条当书签用。"铭记""想你""下雨""请写信""该死"和"天哪"是这些纸条上反复出现的词,还有"寂寞"和"爱"。

另外,她还养了一只猫,她会弹吉他。在阳光强烈的日子里,她会洗头发,然后和那只红色虎斑公猫一起,坐在消防通道上拨弄吉他,等头发晾干。每当听到音乐,我就会安静地起身站在窗前。她弹得非常好,有时也会唱歌。她的嗓音沙哑,带有青春期的破音。她会唱时下所有的流行曲子:科尔·波特和库尔特·威尔的作品,尤其喜欢《俄克拉荷马!》中的歌曲,那些歌在那年夏天飘荡在大街小巷。但有时她会弹些让人搞不清从哪里学来的歌曲,甚至开始怀疑她到底来自哪里。这些歌曲她唱得粗哑又温柔,旋律飘忽,歌词中透着松林或草原的味道。有一首歌是这么唱的:不想睡觉,不想死去,只想在天际的牧场间流浪。而这首歌似乎最合她的胃口,因为她经常在头发早已干透

---

① 二战时期,美国为节约邮递资源开发的一种邮件,通过微缩胶片邮递。

之后还继续弹唱，直到太阳下山，黄昏中的窗户亮起灯光。

但我们真正的相识是在九月的一个晚上，那晚开始有了秋天的凉意。我看了一场电影回到家，伴着一杯波旁威士忌睡前酒，翻阅乔治·西默农最新的侦探小说：这就是我心目中的舒适生活，我却感到一种越来越强烈的不安，直到我能听到自己的心跳。这种感觉我曾经读过，也写过，但从未真正体验过。那是被人盯着的感觉，是有人在房间里的感觉。然后：突如其来的敲窗声，一抹幽灵般的灰影。我手中的酒洒了出来。过了一会儿，我才鼓起勇气打开窗户，问戈莱特利小姐要干什么。

"楼下有个最可怕的男人，"她一边说着，一边从防火梯踏进我的房间。"我的意思是他不喝醉的时候是个好人，一旦开始喝酒，噢上帝啊，真是个畜生。如果说有什么是我痛恨的，那就是咬人的男人。"她松开灰色法兰绒的浴袍，露出肩膀，给我看如果一个男人咬人会造成什么样的后果。这件长袍是她身上唯一穿的东西。"抱歉吓到你了。但这个畜生太令人讨厌，我只能从窗户爬出来。我猜他以为我在浴室里，但我才不在乎他怎么想呢，等他累了就会睡着的。我的天哪，他应该睡着的，晚饭前他喝了八杯马提尼，还喝了足够给一头大象洗澡用的红酒。听我说，如果你想撵我走也可以，我就这么厚脸皮地闯进来打扰你。但是那个防火梯真是冰冷。而你看起来又这么温暖，就像我的哥哥弗雷德。我们以前四个人睡一张床,他是唯一一个在寒冷的夜晚让我抱着的人。话说,我叫你弗雷德好不好?"

现在她已经完全走进房间,站在那里,望着我。我从没见过她不戴墨镜的样子,现在看来那是有度数的,因为没有它们,她的眼睛需要像珠宝商评估价格一样眯起来看东西。她的眼睛很大,有点蓝,有点绿,还有些棕色的斑点:就像她的头发一样五颜六色,也像她的头发一样,散发出生机勃勃的温暖的光芒。"我猜你觉得我脸皮很厚,或者很疯狂,或者其他什么的。"

"一点也不。"

她似乎有些失望。"不,你就是这么想的。每个人都这么觉得。我不介意。这对我有好处。"

她坐在一把摇摇晃晃的红色天鹅绒椅子上,把腿盘起来,环顾四周,眼睛眯得更厉害了。"你怎么住得下去?这简直就是个鬼屋。"

"噢,人可以习惯任何事。"我说,对自己感到恼火,因为实际上我对这个地方感到自豪。

"我不行。任何事都没法让我习惯。如果谁会习惯,那还不如死了算了。"她挑剔的目光再次扫视整个房间。"你整天在这里都做些什么?"

我指了指高高摞起书和纸的那张桌子。"写东西。"

"我还以为作家都很老呢。当然萨洛扬不算老。我在一个聚会上见过他，他真的一点都不老。实际上，"她沉思着，"如果他给自己好好刮一下胡子……对了，海明威年纪大吗？"

"我想四十多岁吧。"

"那还好。男人不到四十二岁，是不能让我心动的。我认识一个傻姑娘，她总是叫我去找心理医生瞧瞧，她说我有恋父情结。真是胡说八道。我只是训练自己去喜欢那些年长的男人，这是我做过的最聪明的事。W. 萨默塞特·毛姆有多大了？"

"我不确定。大概六十多吧。"

"那还不算糟。我还没和作家上过床。不，等等：你认识本尼·沙克利特吗？"看见我摇头，她皱了皱眉头。"真奇怪。他写了很多广播剧。但真是个卑鄙小人。告诉我，你是货真价实的作家吗？"

"这取决于你对'货真价实'的定义。"

"这样，亲爱的，有人花钱买你写的东西？"

"还没有。"

"那我要帮帮你，"她说，"我确实可以帮你。我认识好多有人脉的人。我会帮你的，因为你长得像我的哥哥弗雷德。只不过更瘦小一点。我十四岁离开家之后就没再见过他了，那时他就已经长到六点二英尺了。我的其他兄弟就和你差不多，都是小个子。是花生酱让弗雷德长这么高的。所有人都觉得他大口吃花生酱的样子很疯癫，但是他不在乎，他不关心这个世界上除马和花生酱以外的任何事情。更何况他也不疯，只是比较善良，有点糊里糊涂的，而且有些迟钝。我离家出走时，他已经在八年级念了三年了。可怜的弗雷德。不知道军队是不是慷慨地供应花生酱。这倒让我想起来，我都快饿死了。"

我指了指一盘苹果，同时问她为什么这么年轻就离家出走。她面无表情地看着我，揉了揉鼻子，好像鼻子发痒：这是一个常见的动作，我后来才意识到这是一个信号，表明有人正在侵犯她的隐私。就像许多人热衷于主动分享自己的私事，但如果你直接发问，就会让他们警惕起来。她咬了一口苹果，说："给我讲讲你写的东西。故事的那部分。"

"这就是一个问题。那些故事不是可以讲述的那种。"

"太色情了？"

"或许改天我会让你读读看。"

"威士忌和苹果是绝配。给我倒上一杯，亲爱的。然后你可以自己给我读一个故事。"

很少有作家，特别是没有出版作品的作家，能够拒绝这样的邀请。我给我们俩各倒了一杯酒，然后坐在她对面的椅子上，开始给她读，声音有些颤抖，一半是因为怯场，一半是因为激动：这是一篇新故事，我前一天刚刚完成，还没生发出那种不可避免的不足感。这篇故事讲的是两个同住一间屋子的女教师，其中一人在另一人订婚以后，用匿名信四处散布谣言，阻止了婚事。我读的时候，每次偷瞄霍莉一眼都会心跳加速。她不停动来动去，把烟灰缸里的烟蒂拆散，心不在焉地看着自己的指甲，好像期望有一把指甲锉。更糟糕的是，在我好像终于引起了她的兴趣时，她的眼睛却会出现一种明显的冷漠，好像在思考要不要买在某个橱窗里看见过的一双鞋子。

"这就是结局了？"她醒过神来问我。她找不到更好的话说。"我当然喜欢那些女同性恋，她们一点也不吓人。但是关于女同性恋的那些故事却让我厌烦得要命。我就是没办法对她们感同身受。好吧，亲爱的，"她说，因为我显然很困惑，"如果这不是关于一对同性恋老处女的故事，那到底是关于什么的呢？"

我读这篇故事就是个错误，但我已经没有心情再犯解释这个故事的错误了。之前我是虚荣心作祟，才让自己暴露，也是同样的虚荣心让我不得不把她看贬成一个毫无敏感性、无脑的炫耀者。

"说到这里，"她说，"你认识一些比较好的同性恋女孩吗？我在找室友。你别笑。我很不会收拾，又请不起女佣。而且说实话，女同性恋都是很好的家庭主妇，她们喜欢做所有的家务，你永远不用操心打扫屋子、给冰箱除霜和送洗衣服这种事了。我在好莱坞的时候有一个室友，她是演西部片的，大家叫她'独行侠'。但我要说，她在家比男人还好。当然，人们免不了会认为我也有点同性恋倾向。当然我是有一点。每个人都是：有一点。所以呢？这从不会让男人知难而退，反而还鼓励了他们。看看'独行侠'，结过两次婚。女同性恋一般只结一次婚，只是为个名头——之后被称为某某太太似乎很有面子。这不是真的吧！"她盯着桌上的闹钟。"不会都四点半了吧！"

窗户开始泛蓝。日出的微风掀动着窗帘。

"今天星期几了？"

"星期四。"

"星期四。"她站起身。"我的天哪，"她说，然后又呻吟着坐下来，"这太可怕了。"

我已经累得提不起丝毫兴致。我躺在床上合上眼。还是忍不住问："星期四有什么可怕的？"

"没什么。只是我从来记不住这天的到来。你知道吗，每到星期四我得赶早上八点四十五的火车。他们对探视时间要求特别严格，所以如果你在十点之前赶到那里，就可以有一个小时的时间，因为那些可怜的人要在十一点吃午饭。想想看，十一点吃午饭。你也可以下午两点钟到，我更喜欢那时候去，但是他喜欢我早上过去，他说这能让他一整天都精神焕发。我必须保持清醒，"她说着，掐了掐自己的脸颊，直到两颊泛出玫瑰色的红晕，"没时间睡觉了，我会看起来像得了痨病一样,脸蛋就像破旧的公寓一样耷拉下来,这太不像话了:一个女孩不能顶着一张发青的脸去辛辛监狱探访。"

"我想也是。"我因她对我那篇故事的反应而产生的怒气渐渐消散,她重新引起了我的兴趣。

"所有探监的人都相当努力地把自己打扮成最好的样子,那种场面非常动人:女人们都穿戴上她们最漂亮的东西,我的意思是那些年老的和真正贫穷的妇女也是这样,她们想尽办法让自己光彩照人,闻起来也香香的,我就喜欢她们这一点。我也喜欢那些孩子们,尤其是那些有色人种的小孩。我是指那些妻子们带来探监的孩子们。在那种地方看见孩子本该让人感到难过,但实际上并没有,她们的头发上扎着丝带,鞋子擦得锃亮,就好像要去吃冰淇淋一样。有时探视室里的气氛像是在开派对。反正不像电影里演的那样:你懂的,就是凄凉地隔着铁栅栏小声说话。那里没有什么铁栅栏,只有一个柜台隔在你和他们之间,孩子们可以站在柜台上被拥抱;如果你想要亲吻什么人,只要把身子探过去就可以了。我最喜欢的就是他们见到彼此时的那种快乐,他们攒了这么多的话要说,根本不会无聊,他们不断地开怀大笑,拉着对方的手。可是探视结束就不一样了,"她说,"我在火车上见过他们。他们就那么静静坐着,看着河水流过。"她扯过一缕头发到嘴角,若有所思地咬着。"我弄得你一直没法睡觉。快去睡吧。"

"拜托你再说说吧，我真的很感兴趣。"

"我知道你想听。这就是我希望你去睡觉的原因。因为如果我继续说下去，我就要把萨利的事情都告诉你了。我不确定这样做是不是合适。"她沉默地嚼着那缕头发。"他们倒是从来没有明确告诉我说不能告诉别人。而且这事确实挺有趣的。也许你可以把它写进你的故事里，换个名字什么的。听我说，弗雷德，"她说话的时候又伸手拿了一个苹果，"你必须得在心口画个十字，然后吻一下你的胳膊肘，发誓不说出去。"

也许只有柔术演员能吻到自己的肘部。她只得接受了我做的这个马马虎虎的动作。

"好吧，"她说，嘴里还嚼着一大口苹果，"你可能在报纸上读到过他。他的名字叫做萨利·托马托，我的意第绪语都比他的英语说得好。但他是个可爱的老头，虔诚极了。要不是因为那口金牙，他看起来真像个修道士。他说他每晚都会为我祈祷。当然他从来都不是我的情人。实际上，我是在他进监狱之后才认识他的。但是我现在很崇拜他，毕竟我每个星期四都会去看他，已经七个月了。而且我觉得即使他不再付给我钱，我也会继续去看望他的。这个苹果不脆了。"她说着，把剩下的一半丢到了窗外，"跟你说，我以前确实见过萨利。他以前常去乔·贝尔的酒吧，就是街道拐角那家：他从不和别人说话，只是站在那里，看起来像是长期住酒店的那种人。但有趣的是，现在回想起来，他当时一定在密切关注着我。因为就在他们把他送进监狱之后（乔·贝尔给我看过报纸上登的他的照片。黑手党。玛菲亚。都是些莫名其妙的话。但是他们竟然判了他五年），我就收到了律师发来的一封电报，叫我立即联系他，说他有对我有好处的消息。"

"你以为是有人给你留了百万遗产？"

"完全不是。我以为是波道夫①公司想要讨债。但是我赌了一把，去见了这个律师（如果他真的是个律师的话，这一点我非常怀疑，因为他好像都没有办公室，只弄了个代接电话服务，而且他总是想在汉堡天堂见面：那是因为他很胖，能就着两碗酱吃下十个汉堡，外加一整个柠檬蛋白派）。他问我愿不愿意帮助一位孤独的老人振作起来，同时还能每周赚一百块。我告诉他：听着，亲爱的，你找错人了，戈莱特利小姐可不是做兼职护士的那种人。我对那点酬金也没兴趣；你去几趟洗手间就能赚到那些小费，稍微有点情趣的绅士都会给你五十块钱去用女盥洗室，我还经常要求打车费，那又是五十块钱。但是，后来他告诉我，他的这位委托人是萨利·托马托。他说可爱的老萨利已经

---

① 美国著名时装精品店。

à la distance①欣赏我很久了,所以如果我每周能去看他一次,不是做了件好事吗。嗯,我当时没有办法拒绝:这太浪漫了。"

"我不知道。这听起来可不太对劲。"

她笑了笑。"你觉得我在说谎啰?"

"一方面,他们不会轻易让什么人都去探视犯人的。"

"噢,他们是不会。事实上,他们这么小题大做真是麻烦。我得装作是他的侄女。"

"就这么简单?他每周给你一百块,就为了和你聊一个小时?"

"他不直接给我钱,是律师负责。每次在我留下天气预报的口信后,奥肖内西先生就会寄现金给我。"

"我想你可能会惹上大麻烦。"我说,然后关掉了台灯。现在已经不需要开灯了,房间里已是清晨,鸽子在防火梯上咕咕叫。

"怎么会呢?"她认真地问。

"法律条文里一定有关于假冒身份的条款。毕竟,你不是他的侄女。而且这个天气预报又是怎么回事?"

她打了个哈欠。"不过是件小事。我只不过是用代接电话服务给他留下信息,这样奥肖内西先生就知道我确实去过那里了。萨利告诉我该说什么,比如——,噢,'古

---
① 法语,意为"在远处"。

巴有飓风侵袭'还有'巴勒莫下雪了'。别担心，亲爱的，"她说着走到床边，"我已经自己照顾自己很久了。"晨光好像透过她的身体折射出来：在她把被子拉到我的下巴上时，她闪着微光就像个透明的孩子，然后她在我身旁躺下。"你介意吗？我只是想稍微休息一会儿。所以别再说话了。睡吧。"

我假装睡着了，故意让呼吸变得沉重而均匀。隔壁教堂的塔钟敲响了半点钟，又敲响了整点的钟声。六点时，她把手放在我的胳膊上，只是轻轻地触碰，生怕弄醒我。"可怜的弗雷德，"她悄声说道，似乎是在对我说话，但其实并不是。"弗雷德，你在哪里？现在好冷。风里都飘着雪。"她的脸颊靠过来贴在我的肩膀上，是温暖又湿润的重量。

"你为什么哭？"

她猛地退开，坐起身。"噢，老天爷，"她一边说一边向窗户和防火梯走过去，"我讨厌瞎打听的人。"

第二天，星期五，我回到家，发现门外有一个查尔斯公司的豪华花篮，里面附着她的名片：霍莉迪·戈莱特利小姐，旅行中。背面用一种奇特笨拙、像幼儿园小朋友的字迹写着：上帝保佑你，亲爱的弗雷德。请原谅那天晚上的事情。你真是个天使。Mille tendresse[①]——霍莉。又及，

[①] 法语信件中的致意语，意为"无限柔情"。

我不会再来打扰你了。我回复她：请再来。然后把这张便条附在我从街头小贩那里能买得起的一束紫罗兰里，放在了她门口。但显然她说的是真心话：我之后再也没见过她，也没有听到她的消息，我猜她已经配了楼下的大门钥匙。不管怎样，她都没再按响我的门铃。我怀念起来。随着日子一天天过去，我竟然开始对她产生一些毫无来由的怨恨，仿佛被自己最亲近的朋友冷落了。一种令人不安的孤独感涌上心头，但它并没有让我渴望与那些交往已久的朋友重聚：他们如今倒像是无盐无糖的饮食。到了星期三，关于霍莉、辛辛监狱和萨利·托马托的想法，以及那些男人们为女人会掏五十美金作洗手间小费的世界，充斥在我的脑海中，搅得我无法工作。那天晚上，我在她的信箱里留了一张字条：明天是星期四。第二天早晨，她回了我又一张字条，还是幼稚的字迹：感谢你提醒我。今晚六点左右能顺道来喝一杯吗？

我等到六点十分，然后强迫自己又拖延了五分钟。

一个怪物应了门。他身上带着雪茄和尼兹古龙水的味道。他的鞋子垫了增高鞋跟：要不是多出这几英寸，别人会以为他是个侏儒。他布满雀斑的秃脑门大得不成比例；脑袋两侧长着一对货真价实的、尖尖的精灵耳朵；他的眼睛像狮子狗一样，冷漠而微凸。一簇簇毛发从他的耳朵和鼻孔里钻出来。下巴到了下午因长出了胡楂而颜色发灰，和他握手也感觉毛茸茸的。

"那姑娘在冲澡。"他说,用雪茄指了指有水声的另一个房间。我们站着的这个房间(之所以站着,是因为房间里没有任何东西可以坐)看起来像是刚搬进来。你会以为能闻到新漆的味道。行李箱和没拆封的木箱就是仅有的家具。木箱充当桌子。一只木箱上放着用来调制马提尼的材料;另一只上放着一盏台灯、一台唱片机、霍莉的红猫,还有一桶黄玫瑰。书架占满了一面墙,但只装了半架子书。我一下子对这间屋子产生了好感,我喜欢这种匆匆而过的氛围。

那人清了清嗓子。"你是她邀请来的吗?"

察觉到我的点头并不坚决,他用那冷漠的眼睛在我身上开刀,划出几处整齐的试探性切口。"各种人物来这儿,都是不请自来的。你认识那姑娘很久了?"

"没多久。"

"所以你认识她时间不长?"

"我住楼上。"

这个回答似乎足够让他放松下来。"你房间也是一样的格局吗?"

"小得多。"

他把烟灰掸在地上。"这地方就是个垃圾场。真是不敢相信。但这姑娘就是有钱也不会过日子。"他讲话的节奏断断续续，像台电传打字机一样机械。"那么，"他说，"你怎么看：她是不是？"

"是什么？"

"是不是个骗子。"

"我没这么觉得。"

"你错了。她就是个骗子。但另一方面，你也是对的。她不算是个骗子，因为她是个"真正的骗子"。她相信自己所相信的一切，哪怕都是胡扯。你没法儿让她改主意。我试过，泪流满面地劝说过。本尼·波伦，人人尊敬的那位，也试过。本尼本来想娶她，可她不愿意，本尼花了大概有几千块钱送她去看精神科医生。甚至最有名的那位医生，只会说德语的那位，他都放弃了。你没法说动她改变这些——"他握紧拳头，似乎是要压碎什么东西，"想法。你可以试试，让她告诉你她相信的一些东西。不过嘛，"他说，"我喜欢这姑娘。每个人都喜欢她，虽然有些人不喜欢。但我确实喜欢，是真心喜欢这姑娘，因为我是个内心细腻的人。你得是那种心思细腻的人才会欣赏她：她那种诗人的气质。不过，我跟你实话实说。即使你为她费尽心力，她也只会回赠你一盘马粪。打个比方——你今天看见的她是什么样子？她绝对是那种你在报纸上看到的女孩子——用一瓶安眠药解决自己。我见这种事情发生的次数比你的脚指头都多。而那些孩子们，她们还不算是疯子。

她是个疯子。"

"但是她年轻。而且她还有大把的青春。"

"如果你指的是她有前途,那你又错了。几年前,在西海岸的时候,有段时间她本可以翻身。她有一些机遇,有人对她很感兴趣,她本可以出人头地。但如果你自己放弃了,就再没法回头了。去问问路易斯·雷纳吧。雷纳可是个大明星。当然啦,霍莉那时候不是什么明星,她一直都停留在拍拍平面照的阶段。不过那都是在拍《跨海平魔》之前。这部电影之后,她本来能一举成名。这我知道,因为我就是那个推她一把的人。"他用雪茄指了指自己,"O. J. 伯曼。"

他期待被认出来,而我也乐意满足他,这对我来说无所谓,尽管我从来没有听说过O. J. 伯曼。后来我才发现他是个好莱坞的演员经纪人。

"我是第一个发现她的人,在圣阿尼塔赛马场。她每天都在赛道附近转悠。我被她吸引了:职业上的吸引。我打听到她和某个骑手来往密切,跟那个小矮子住在一起。我找人给那个骑手传话,如果他不想被风化纠察队找去谈话就赶紧放手。你看,那孩子才十五岁,但是时髦得很:她底子不错,又引人注目。就算她戴着这么厚的眼镜,就算她一开口就让你分不清是山里人还是俄克佬①还是哪里

---

① Okie,意指家乡在俄克拉荷马州的人。

的人。到现在我都不知道。我猜永远不会有人知道她到底从哪儿来。她真是一个彻头彻尾的撒谎精,也许连她自己都忘了。不过,我们花了一年时间才把她的口音纠正过来。最后是怎么做到的?我们给她上法语课:在她能够模仿法语后,很快就能模仿英语了。我们按玛格丽特·苏利文的形象来打造她,但她又有一些自己的调调,这吸引了很多人,都是大人物,尤其是本尼·波兰,是个受人尊敬的人物,本尼想娶她的。作为一个经纪人,还能要求更多吗?接着,好家伙!《跨海平魔》。你看过那部片子吗?塞西尔·B.戴米尔导演,加里·库珀主演。上帝啊。我可是拼了命安排好了一切:他们要让她试镜瓦塞尔医生的护士这个角色,反正是其中一个护士。接着,好家伙!电话铃响了。"他假装接起一个电话,放到耳边,"她说,我是霍莉,我说亲爱的,你的声音听起来很远,她说我在纽约,我说该死的,你大星期天的跑去纽约干什么?而且你明天还有试镜!她说因为我从没来过纽约,所以来看看。我说赶紧坐上飞机滚回来,她说我不想试镜。我说你究竟在想什么,傻姑娘?她说,你要真的想做成一件事情才能做好,但是我并不想做这个,我说好吧,那你到底想要什么?她说,等我知道了第一时间告诉你。懂我的意思了吗:端盘马粪回报你。"

那只红猫从箱子上跳下来蹭他的腿。他用鞋尖把它挑起来，随意一甩。这行为挺可恶的，但他似乎光顾着发泄自己的烦躁，并没意识到猫的存在。

"她要的就是这些吗？"他挥舞着双臂说，"一帮不请自来的家伙们？靠小费过活？跟一群混混搞在一起？所以也许她可以嫁给拉斯蒂·托勒？应该为这个给她颁个奖章吗？"

他瞪着眼睛等我回答。

"抱歉，我不知道这个人。"

"你不知道拉斯蒂·托勒，那你一定不够了解这姑娘。白说那么多了。"他说这话时，舌头在他巨大的脑袋里发出啧啧的声音。"我本希望你能对她有些影响，趁还不晚跟她好好说说。"

"可照你说的来看，已经太晚了。"

他吐出一个烟圈，看着它消散后露出一个微笑。这个笑容改变了他的面孔，让他流露出一丝温和。"我可以让一切回归正轨。就像我跟你说的那样，"他说，现在这话听起来像是真话了，"我真心喜欢这姑娘。"

"你在说我什么坏话呢，O.J.？"霍莉带着一身湿气走进房间，浴巾松松垮垮地裹在身上，湿漉漉的双脚在地板上留下水迹。

"老生常谈。说你是个疯子。"

"弗雷德早就知道了。"

"但你自己还不知道。"

"给我点根烟,亲爱的,"她说着,一把摘下浴帽,甩了甩头发。"我没说你,O.J.,你真是个粗人,总是把烟弄湿。"

她一把捞起她的猫,把它抱到肩头。那只猫像鸟一样稳稳地蹲在她肩上,爪子缠进她的头发里,像是在拨弄毛线团。尽管动作很友好,但猫的表情却显得冷酷无情,像个面貌凶狠的海盗。它有一只眼睛看起来黏糊糊的,是瞎的,另外一只则闪着凶光。

"O.J.是个懒虫,"她说着,一边接过我为她点的香烟,告诉我,"但他确实知道很多电话号码。大卫·O.塞尔兹尼克的电话号码是多少来着,O.J.?"

"别闹了。"

"我没开玩笑,亲爱的。我想让你打个电话给他,告诉他弗雷德有多么天才。他已经写了成箱的精彩故事。好啦,别脸红,弗雷德。是我说你是个天才,不是你自夸。好好想想,O.J.,你要做些什么才能让弗雷德变得有钱?"

"你让我和弗雷德自己来谈谈行吗?"

"记住,"她一边走开一边说,"我是他的经纪人。还有,如果我喊人,就过来帮我拉拉链。如果有谁敲门,就让他们进来。"

一大帮人敲了门。就在接下来的一刻钟内,一群单身汉占据了整个公寓,其中几个穿着制服。我数了数,有两名海军军官和一名空军上校,但他们被已过征兵年龄的灰发客人所淹没。除青春不再以外,这些宾客没有任何共同点,他们彼此之间看起来都是陌生人,谁也不认识谁;事实上,每一张脸在进门时,都努力掩饰对见到其他人的惊讶。就像聚会的女主人是在各个酒吧漫无目的发放的邀请函一样,很可能确实如此。然而,在最初的皱眉过后,他们就毫无怨言地混在一起,尤其是 O. J. 伯曼,他急切地用新结识的伙伴来避免讨论我在好莱坞的未来。我被晾在了书架旁。书架上的书有超过一半都是关于马的,其余则是关于棒球的。我假装对《马的血统以及如何辨别》这本书感兴趣,这给了我足够的私人空间来打量霍莉的朋友们。

不久,其中一位变得显眼起来。他是个已到中年的娃娃脸,还没有脱去婴儿肥,尽管某位天才裁缝几乎天衣无缝地掩藏了他那让人忍不住想拍打的圆润屁股。他浑身没有一点骨感,他的脸像一个零,里面填充着微缩的五官,带有一种未经世事的、少女般的气质:仿佛他生下来后只是在不断膨胀,皮肤就像一只吹起来的气球一样光滑。而他的嘴,虽然随时准备发脾气,但噘嘴的样子又像个被宠坏的孩子一样甜美可爱。但让他与众不同的并不是外貌,童颜的成年人也并不稀奇。真正让他出众的是他的行为。他表现得像是这场聚会的主人:他就像个精力充沛的章鱼，他摇晃着马提尼，介绍宾客，操作留声机。说句公道话，他的大部分行动是看女主人的指示：拉斯蒂，你介意吗；拉斯蒂，能请你做这个吗。如果他爱她，那么显然他把嫉妒压制得很好。一个爱嫉妒的男人要是看见她在屋子里满场穿梭，一手抱着猫，另一只手为其他男士整理领带或拂去翻领上的细毛，那他很可能会发疯，那位空军上校佩戴的勋章就被好好擦拭了一番。

这男人的名字是拉瑟弗德·"拉斯蒂"·托勒。一九〇八年，他五岁，失去了父母，父亲死于一个无政府主义者的袭击，母亲因惊吓去世。双重不幸让拉斯蒂五岁时就成了孤儿，同时也让他成为一个百万富翁和社会名流。他还在上学的时候，就让他的教父监护人因鸡奸被捕，轰动一时，这让他自此成为《星期日》副刊的后备素材。之后，结婚和离婚消息稳固了他在小报上的版面。他的第一任太太，带着赡养费自己去投靠了乔治·贝克神父的一个对手。第二任太太似乎下落不明，而第三任太太在纽约州起诉了他，提供了一大袋证词。最后一任托勒太太，是他自己主动提出离婚的，他控诉她在他的游艇上煽动了一场骚乱，导致他被抛弃在德赖托图格斯群岛。虽然自那以后他一直单身，但据说他战前向尤妮蒂·米特福德求过婚，至少人们都认为他给她发了一封电报，提出如果希特勒不娶她的话他愿娶。而这据说就是温切尔一直称他为纳粹分子的原因之一,还有一个原因就是他参加过在约克维尔举行的群众集会。

这些不是别人告诉的,是我在《棒球指南》上读到的,这也是在霍莉的书架上挑的书,她似乎用来做剪贴簿了。书页之中夹着《星期日》副刊的专栏文章,还有剪下来的八卦新闻。"拉斯蒂·托勒和霍莉·戈莱特利双双现身于《爱神艳史》首映礼。"霍莉从身后走过时,我正在读"波士顿名流霍莉·戈莱特利小姐,与黄金单身汉拉斯蒂·托勒日日寻欢",被她抓个正着。

"你是在欣赏我的报道,还是对棒球感兴趣?"她说着,调整了一下墨镜,从我的肩膀往前看。

我问:"这周的天气预报怎么说?"

她冲我眨了眨眼,但没有一丝笑意,这眨眼是一种警告:"我很喜欢马,但我讨厌棒球。"她的潜台词是希望我忘记她提过的有关萨利·托马托的事情。"我讨厌收音机里棒球比赛的声音,但是我必须听一听,这是我研究的一部分。男人们能聊的事没多少。如果一个男人不喜欢棒球,那么他一定喜欢马,如果两样都不喜欢,那我就有麻烦了:他不喜欢姑娘们。你和O.J.相处得怎么样了?"

"我们双方协议分开。"

"相信我,他是个机会。"

"我相信你,但是我能给他什么,让他也觉得这是个机会呢？"她仍在坚持，"过去找他，让他觉得自己长得并不滑稽。他真的可以帮到你，弗雷德。"

"我明白你也没有那么感激他。"她似乎有些疑惑。于是我说："《跨海平魔》。"

"他还在唠叨这事吗？"她说着，向伯曼那头投去了一种带点深情的目光。"但他说的确实有道理，我应该感到内疚。倒不是因为他们会给我那个角色，也不是因为我能演好：他们不会，我也演不好。如果说我确实感到内疚，我想那是因为我自己都不再做梦，还任凭他继续做梦。我当时不过是争取了点时间做了些自我提升：我太清楚了，我绝不可能成为电影明星。那太难了。要是你有头脑，又会觉得那很难为情。我的自卑情结也不够强烈：渴望成为电影明星总是和自我的极大膨胀有关，但实际上，要成为电影明星，就不能有一丁点的自我。我不是说自己不要名利。那些确实是我的追求，而且总有一天我会设法实现的。但如果那一天真的到来，我还是希望我能保留些自我。我希望有一天，我在某个美好的早晨醒来，在蒂凡尼享用早餐时，我仍然是我。你需要一杯酒。"她注意到我手里空着，"拉斯蒂！你能给我的朋友拿杯喝的吗？"

她仍然抱着那只猫。"可怜的懒猫，"她说着，挠了挠它的脑袋，"可怜的家伙连个名字都没有。没有名字有点不方便。但我没有权利给它起名：它得等到有一天真正属于某个人的时候才能有名字。我们只是有一天在河边碰到了,我们并不属于彼此:它是一个独立的个体,我也是。我不想拥有任何东西,除非我知道我已经找到了让我和我的东西都可以安身的地方。我还不太确定那个地方在哪里。但是我知道那里该是什么样子。"她露出了微笑,让猫跳到了地上。"那是像蒂凡尼一样的地方,"她说,"不是说我对珠宝感兴趣。钻石,我喜欢。但如果在四十岁之前就戴钻石,会显得很俗气,甚至有风险。它们只适合那些真的上了年纪的女人。玛丽亚·乌斯彭斯卡娅,皱纹显露,身材骨感,满头银发,再配上钻石:我已经等不及了。但这并不是我迷恋蒂凡尼的原因。我说,你知道那些无来由地心里发慌的日子吗?"

"就像情绪低落一样?"

"不是,"她慢悠悠地说,"不是,情绪低落是因为你长胖了,或者可能是雨下得太久了。你只是感觉伤心而已,顶多就是这样。但是心里发慌却很可怕。你感到害怕,而且直冒冷汗,但你又不知道自己害怕什么。只是觉得有不好的事要发生了,但你并不知道是什么事情。你有过那种感觉吗?"

"经常有。有些人管这个叫焦虑。"

"好吧。焦虑。那你怎么办呢?"

"这样的话,喝酒会有帮助。"

"我试过。我也试过阿司匹林。拉斯蒂觉得我应该抽大麻,我也试过一阵子,但那只会让我傻笑。我发现最好的办法是坐一辆出租车到蒂凡尼去。那里的安静和贵族气派让我一下子就平静下来了,在那里,和那些穿着高档西装的和善的男人们在一起,闻着那些迷人的银器还有鳄鱼钱包的气味,就不会有任何不幸的事情发生。如果我能在现实生活中找到一个地方,让我有和在蒂凡尼一样的感觉,我就会买些家具,然后给这只猫起个名字。我以前想过,也许在战争结束以后,我和弗雷德——"她向上推了推墨镜,而她的眼睛,那双带有不同颜色——灰色和一缕缕蓝色和绿色——的眼睛,流露出一种看向远方的锐利,"我去过一次墨西哥。那里是养马的绝佳地方。我看到过一处靠近大海的地方。弗雷德养马是一把好手。"

拉斯蒂·托勒端着一杯马提尼走过来,递给了我,却没有看我一眼。"我饿了。"他郑重其事地说,他的声音,就像他身体的其他部分一样发育迟缓,带有一种让人受不了的孩子般的抱怨,似乎在责怪霍莉,"已经七点半了,我饿了。你知道医生是怎么说的。"

"是的,拉斯蒂。我知道医生说了什么。"

"那就赶紧结束吧。我们吃饭去。"

"我希望你好好表现,拉斯蒂。"她说得很温柔,但语气中带着一丝家庭教师要惩罚小孩时的那种威胁腔调,这让拉斯蒂脸上泛起了异样的兴奋的红晕,还带有一点感激。

"你都不爱我。"他抱怨着,仿佛此刻只有他们两人。

"没有人爱捣蛋鬼。"

显然她说的正是他爱听的:这让他兴奋的同时,也让他放松了下来。但他还是继续问,好像这是某种仪式:"你爱我吗?"

她轻轻拍了拍他。"去做你自己的事,拉斯蒂。等我准备好了,你想去哪里吃我们就去哪里吃。"

"唐人街?"

"可没同意你吃糖醋排骨。你知道医生怎么说的。"

他心满意足地摇摇晃晃走开去干他的活,我忍不住提醒她她还没有回答他的问题。"你爱他吗?"

"我告诉过你:你可以让你自己爱上任何人。更何况,他的童年很悲惨。"

"要真是这么悲惨的童年,为什么他还要死死抓住不放呢?"

"动动你的脑子想一想吧。难道你看不出来,兜着纸尿裤比穿裙子让拉斯蒂更有安全感吗?这其实就是他的选择,只不过他对这一点极其敏感。有一次我叫他快点长大,面对现实,安定下来,和一个像父亲般善良的货车司机安定下来过日子,他就差点拿黄油刀捅我。现在,他成了我的负担。不过还好,他人畜无害,把姑娘们真的只是都当作玩偶。"

"感谢上帝。"

"不过,要是大多数男人都这样,我可不会感谢上帝。"

"我的意思是,感谢上帝你不打算嫁给托勒先生。"

她挑了挑眉。"顺便说一句,我可不是假装我不知道他有钱。就算是在墨西哥买块地也得花钱。"然后她招手催促我向前走,"现在,咱们去堵O.J.。"

我犹豫不前,脑子里盘算着怎样才能拖延一会儿。突然我想到了一个问题:"为什么是'旅行中'?"

"你说我的名片上吗?"她显得有些不安,"你觉得好笑?"

"不是好笑,就是挺引人注意的。"

她耸了耸肩。"毕竟,我怎么知道明天我会住在哪里呢?所以我就叫他们印上'旅行中'。反正,定制那些名片都是浪费钱。只不过我觉得欠他们人情,需要买一点小东西。卡片都是从蒂凡尼定制的。"她伸手拿走了我还没动过的马提尼,两口喝干,然后抓起我的手,"别再拖了。你得去和O.J.交个朋友。"

此时,门口发生的事情打断了我们。进来一个年轻女人,她就像一阵风一样闯了进来,满身的丝巾随风舞动,挂着的金饰叮当作响。"霍——霍——霍莉,"她一边往前走一边摇着一根手指说,"你这个可恶的窝——窝——

窝藏犯。独自霸占了这么多迷——迷人的男——男——男人！"

她身高远超六英尺，比这里的大多数男人都要高。男人们挺直腰板，用力收腹，仿佛在暗暗和她比身高。

霍莉问道："你在这里做什么？"她的嘴唇像绷紧的弦一样抿在一起。

"没——没——没什么，甜心。我刚才在楼上和汤濑先生一起工作。就是做些圣诞集市的东西。不过你听起来有点不高兴，亲爱的？"她露出一个漫不经心的微笑，"你们这些小伙——伙——伙子不会因为我闯进你们的聚——聚——聚会而生气吧？"

拉斯蒂·托勒咻咻地笑起来。他捏了捏她的手臂，仿佛在欣赏她的肌肉，然后问她要不要喝杯酒。

"当然可以，"她说，"给我一杯波旁威士忌。"

霍莉告诉她："这儿没有波旁威士忌了。"于是那位空军上校提出他去买一瓶回来。

"噢，我可不想搞那么麻烦。我喝氨水都行。霍莉，亲爱的，"她说着，轻轻推了推她，"不用操心我了。我可以自己介绍自己。"她俯身靠近O. J.伯曼，他就像许多身材矮小的男人在高挑的女人面前一样，眼中闪着一种憧憬的神采。"我是麦格·怀——怀——尔伍德，来自阿肯色州的怀尔伍——伍——伍德。那里是山区。"

伯曼像跳舞一样，展示了一些花哨的脚步动作来避免竞争对手挤进来把她抢走。然而他还是败给了一组四对方阵舞的舞伴们，他们像鸽子啄食地上的爆米花一样，贪婪地听着她结结巴巴的笑话。她的成功可以理解。她成功克服了丑陋，这种胜利往往比真正的美丽更具吸引力，只是因为它包含着一种矛盾。在她的身上，相对于单纯的好品位和精致的穿搭，她通过夸大自己的缺陷，坦然将它们展示出来，让瑕疵都成为她的装饰。高得令人踉跄的鞋跟更强调了她的身高；紧身的平板胸衣意味着她可以穿着泳裤去沙滩；头发向脑后梳得紧紧的，凸显了她因节食而瘦削的模特脸。甚至口吃，肯定有几分真但仍有刻意夸大的成分，这也被她巧妙地利用了。口吃简直是绝妙之笔：它出人意料地让她的陈词滥调听起来多少有点新意；其二，虽然她高挑、自信，但口吃却激发了男性听众的保护欲。例如，就因为她说"谁能告诉我洗——洗——洗手间在哪——哪——哪里"，伯曼就笑得岔了气，得被人拍背才缓过来。然后，完成这个循环，他提出亲自扶着她去。

"那，"霍莉说，"真是没有必要。她以前来过，知道在哪儿。"霍莉正在倒那些烟灰缸，麦格·怀尔伍德离开房间以后，她倒干净了另外一个，接着说，确切地说是叹了口气："真是太悲哀了。"她停顿了一下，好数清楚有多少人在关注她，显然够多了。"而且还特别神秘。你会认为这很明显就能看出来。但是天知道，她看上去健康极了。嗯……非常干净。这才是最古怪的地方。你们说呢？"她关切地询问，但似乎并没有针对在场的任何一个人，"难道你不觉得她看起来很干净吗？"

有人清了清嗓子，有人吞了吞口水。一位海军军官本来手里拿着麦格·怀尔伍德的酒，也把酒杯放下了。

"不过话说回来，"霍莉说，"我听说很多南方姑娘都有这种毛病。"她微微哆嗦了一下，就去厨房拿冰块了。

麦格·怀尔伍德不明白为什么她回来时，房间里刚才的那股热情劲儿一下子就消失了。她开启的对话就像湿木柴一样，只冒烟但是燃不起来。更让她无法忍受的是，人们离开时连她的电话号码都没要。那位空军上校趁她转过身的工夫就溜了，这成为压垮她的最后一根稻草——明明是他邀请她共进晚餐的。突然，她感到失去了方向。由于酒精作用下的情绪爆发，她的伪装顿时瓦解，原本的魅力也瞬间消失。她把怒气撒在所有人身上。她管聚会女主人叫好莱坞败类，还找一个五十多岁的男人决斗。她告诉伯曼，希特勒是对的。[①]她又把拉斯蒂·托勒逼到墙角，粗鲁地说："你知道你会怎么样吗？"她说这话的时候没有一丝一毫的结巴。"我会把你带到动物园喂给牦牛。"他看上去倒是十分情愿，只不过她让他失望了，她滑倒在地上，

---

① 伯曼是犹太人。

坐在那里哼着歌。

"你真是惹人烦,快起来。"霍莉边说边戴上手套。聚会剩余的客人都在门口等候,而那个烦人精仍然一动不动,霍莉向我投来一道歉意的目光。"行行好,弗雷德,好吗?帮我把她送上出租车,她住在温斯洛。"

"别,我住巴比松,摄政区4—5700。找麦格·怀尔伍德。"

"弗雷德,你真是个好人。"

他们走了。一想到要把这样一个女巨人送上出租车,我都顾不上抱怨了。但是她自己解决了这个难题。她摇摇晃晃地站起来,俯视着我说:"我们去斯托克俱乐部,拿个幸运气球。"接着她就像被砍倒的橡树一样,直直倒了下去。我的第一反应是赶紧找个医生。但检查后发现她的脉搏没问题,呼吸也正常。她只是睡着了。我找了个枕头垫在她脑袋下面,然后离开让她好好睡一觉。

第二天下午,我在楼梯上碰上了霍莉。"你!"她说着,从我身边匆匆走过,手里拿着从药剂师那里取来的一包东西,"她还在那儿,差点得肺炎,宿醉的症状很严重,还伴有恐慌发作。"我从这话猜想麦格·怀尔伍德还在她的公寓里,但她不给我机会去探究她那出人意料的同情心。整个周末,事情变得更加神秘。先是有一个拉丁裔男子来敲我的门：应该是认错门了，因为他向我打听怀尔伍德小姐在哪里。我们费了一番功夫才理清这个误会，因为我们的口音似乎都不太好懂。但当我们弄清楚后，我已经被他迷住了。他看上去精心打扮过，棕色的头发和斗牛士般的身材有一种精准和完美，就像被大自然完美雕琢的苹果和橙子。除此之外，他还穿着一套英式西装，喷了清新的古龙水，腼腆羞涩的举止让他一点都不像拉丁裔。这一天发生的第二件事又和他有关。那是傍晚时分，我正准备出去吃晚餐，看到他坐出租车来到这里，司机帮他把一大堆行李搬进了房子。这些事让我琢磨了一整个周末，到了星期天，我的脑袋已经被这些想法折磨得筋疲力尽。

接下来的故事变得愈加复杂但逐渐清晰。

那是一个秋高气爽的星期天，阳光强烈，我的窗户敞开着，我听见了防火梯上传来的声音。霍莉和麦格懒散地躺在一张毯子上，霍莉的猫在她们中间。她们的头发刚洗过，湿漉漉地披散在肩上。她们忙活着各自的事情，霍莉在给脚指甲涂上指甲油，麦格则在织一件毛衣。麦格开口说："如果你问我，我觉得你运——运——运气真好。至少有一点好处是，拉斯蒂是个美国人。"

"那没什么了不起的。"

"亲爱的，战争还没结束。"

"等战争一结束,你就再也看不见我了,朋友。"

"我可不这么觉得。我为我的祖国感到骄——骄——骄傲。我们家的男人都——都是最棒的军人。怀尔伍德市中心,还竖立着我祖父怀尔伍德的一尊雕像。"

"弗雷德是军人,"霍莉说,"不过我怀疑他不会有被塑像的机会。也可能吧,他们都说越愚蠢的人越勇敢,而他确实挺蠢的。"

"弗雷德是楼上的那个小伙子吗?我都没想到他还是个军人呢。不过他看起来确实挺傻的。"

"那是一种渴望,并不是傻。他太渴望进这个圈子了:不管是谁,只要是贴着玻璃往里看的人都会显得非常傻。不过,他跟我说的弗雷德不是一个人。我说的是我的哥哥。"

"你竟然说你的亲——亲——亲生哥哥傻?"

"傻就是傻。"

"这么说太不像话了。一个为你我和所有人而战的小伙子,你却说他傻。"

"这是干什么?开债券募捐大会吗?"

"我就是想让你知道我的立场。我开得起玩笑,但在骨子里,我是个严——严——严肃的人。我为我身为美国人而感到骄傲。这就是为什么我为何塞感到惋惜。"她放下手里的毛衣针。"你真心认为他非常英俊,对不对?"霍莉"嗯"了一声,然后用刷指甲油的刷子轻轻刷了一下猫的胡须。"如果我能接受和一个巴西人结——结——结婚就好了。然后自己也成为一个巴——巴——巴西人。这真是一道鸿沟。六千英里的距离，而且语言不通——"

"去贝立兹语言学校学啊。"

"天哪，他们到底是为什么会教葡——葡——葡萄牙语？又不是谁都会说。不不不，我唯一的机会就是想办法让何塞忘记政治，成为一个美国人。想当巴西总——总——总统，真是没劲。"她叹着气又重新拿起了针线活，"我一定是疯狂爱上了他。你看我们在一起的时候，是不是觉得我很疯狂？"

"这个嘛，他会咬人吗？"

麦格织漏了一针。"咬人？"

"咬你。在床上。"

"怎么会，他不咬人。他应该咬人吗？"接着，她又故意吹毛求疵地说，"不过他总会笑场。"

"很好。这才是正确的态度。我喜欢懂幽默的男人。大多数男人就只会喘粗气。"

麦格不再抱怨，她把这段评价当做了对她的恭维话。"对。我也这么觉得。"

"好吧。他不咬人，他总会笑。还有呢？"

麦格数了数她漏了多少针，又重新开始织起来，反针，再反针。

"我刚才说——"

"我听见了。不是我不想告诉你,只是一下子很难想起来。我心里不会一直想——想——想着这些事情。我不像你那样在意这些事,它们就像梦一样从我的脑袋里消失了。我很确定这才是正——正——正常的态度。"

"也许这很正常,亲爱的,但是我宁可遵循我的内心。"霍莉在染红余下的猫须时停顿了一下,"听着。如果你不记得了,就试试开着灯。"

"请理解理解我,霍莉。我是一个非常——非常——非常传统的人。"

"噢,都是胡扯。光明正大地看看你喜欢的男人有什么不对?很多男人都很英俊,不少男人都是,何塞就是。如果你都不愿意看他,那我得说,他就像是在吃一盘冷冰冰的通心粉一样。"

"你说话低——低——低声些!"

"你根本没可能爱上他。这下算是回答你的问题了吗?"

"没有。因为我可不是一盘冷冰冰的通——通——通心粉。我是个热心肠的人,这就是我最真实的性格。"

"好吧。你有一副热心肠。但是如果我是个男人,在上床的时候,我宁可带一个热水袋。这还更实用一点。"

"你不会听见何塞有一丁点抱怨的。"她满意地说,毛衣针在阳光下反着光,"还有,我确实爱上了他。你没有发现吗?我不到三个月就织了十双菱格纹袜子,现在手里的已经是第二件毛衣了。"她抻了抻手里的毛衣,然后扔在一旁,"但做这些又有什么意义呢?在巴西穿毛衣,我还不如做防——防——防晒帽。"

霍莉往后一躺,打了个哈欠。"总会有冬天的。"

"巴西也会下雨,这我知道。高温。下雨。热——热——热带雨林。"

"高温。热带雨林。说真的,我会喜欢那里。"

"那你去比我更适合。"

"对,"霍莉用一种没有困意的慵懒语调说,"我去比你更适合。"

周一早上,我下楼去取信件时,发现霍莉信箱上的名片被更换过了,加了一个新名字:现在戈莱特利小姐和怀尔伍德小姐一起旅行中。要不是我自己的信箱里的一封信吸引了我的注意,我对这张名片会更感兴趣。这封信是一个规模很小的大学评论刊物寄过来的,我之前给他们寄了一篇故事。他们表示很喜欢这篇作品,想要发表,但是,我必须理解他们无力支付稿酬。发表——这意味着印刷出来。"被兴奋冲昏了头脑"现在可不是一句空话了。我得去告诉什么人:于是,我两步并一步跑上了楼,猛敲霍莉的门。

我怕我太激动了说不清楚这个消息,睡眼惺忪的她一开门,我就把那封信塞到了她手里。我感觉她读了很久才把这封信交还给我,这时间足够读六十页纸了。"如果他们不给钱,我可不想让他们发表。"她打着哈欠说。也许我的表情让她意识到她误解了我的意思,我想要的不是建议,而是祝贺:于是她的嘴形从哈欠转换成了微笑。"噢,我懂了。太棒了。来,进屋里来,"她说,"我们煮壶咖啡来庆祝一下。算了,我去换衣服,然后请你去吃午餐。"

她的卧室和起居室风格一致,都有一种露营的氛围:木板箱和行李箱堆在一起,随时可以打包走人,就像是一个感觉警察就在身后追捕的罪犯的行装。客厅里没有传统意义上的家具,而卧室里唯一的家具就是一张床,还是一张双人床,非常华丽:浅色木头床架,簇绒缎面的床具。

她就让浴室的门敞着,在里面和我聊天。在一阵冲水和洗洗刷刷的声音中,她说的话绝大部分我都听不清,但大意是:她猜我已经知道麦格·怀尔伍德小姐搬进来住了,那样是不是很方便?因为要是你想要一个室友,而她又不是个女同性恋,那么最佳选择就是个彻头彻尾的傻瓜,而麦格就是这样的人,因为这样你就可以把租约的事情丢给她来管,还可以打发她去送洗衣物。

可以看出,霍莉在洗衣服这方面存在困难:整个房间一片狼藉，像个女孩子的健身房。

"……而且你知道，她是个相当成功的模特：这是不是难以置信！但这是件好事，"她说着，调整着吊带袜走出浴室，"这能让她在一天中大部分时间里别来烦我。而在男人这个问题上应该也不会有太多麻烦。她已经订婚了。而且是个不错的小伙子。虽然身高上还有点差距：我是说差了一英尺，和她的理想身高比起来。到哪里去了——"她跪在地上往床下找东西。

当她找到了自己要的东西——一双蜥蜴皮皮鞋后，又得开始找一件衬衫、一条皮带。这很值得让人深思，从这样一片"废墟"中，她如何能演变出这种效果：打理体面，从容不迫又完美无瑕，仿佛一直有埃及艳后的侍女侍奉一样。她说："听着，"她用一只手托起我的下巴，"我为你的故事感到高兴。真的，由衷地高兴。"

一九四三年十月的那个星期一。天气很好，让人像鸟儿一样轻快。我们先在乔·贝尔的酒吧里喝了曼哈顿鸡尾酒，开启了一天；他听说我交了好运，于是请我们喝香槟鸡尾酒；后来，我们漫步向第五大道走去，那里正在游行。旗帜在风中飘扬，军乐队和军队的步伐咚咚作响，这些似乎都与战争毫无关联，更像是为我个人安排的盛大庆典。

我们在公园里的自助餐厅吃了午餐。饭后，避开动物园（霍莉说她见不得任何东西被关在笼子里），我们沿着小路欢笑、奔跑、唱歌，朝着那座已经不复存在的老木船屋走去。湖面上漂浮着树叶，湖岸边的公园管理员正点燃一堆落叶，升腾起的烟雾就像印第安人的信号，成为清新的空气中唯一的瑕疵。四月对我来说从未有过特别的意义，秋天似乎才更像是一年新的开始。坐在船屋的栏杆上和霍莉在一起时，我感受到了这样的春意。我畅想未来，诉说过去。因为霍莉想了解我的童年，她也谈起了自己的。但那是模糊的、没有任何人名和地名的、颇具印象派风格的描述，只不过听者留下的印象与讲者的期待适得其反。因为她对游泳、夏天、圣诞树、漂亮的亲戚们和聚会做了一番纸醉金迷的描述：总之，好像开心快乐，但她却并不真正快乐，显然这也不符合一个离家出走的孩子的背景。

我问她难道不是十四岁就离开家独自生活了吗？她揉了揉鼻子。"这件事是真的，但其他都不是。不过，亲爱的，你把自己的童年说得如此悲惨，我觉得我不应该再和你比惨。"

她跳下栏杆。"反正，这提醒我：我应该给弗雷德寄些花生酱。"这天下午余下的时间里，我们东奔西走，设法从心不甘情不愿的食品店老板手里搞到了几罐花生酱——这可是战时的紧俏货——天黑之前，我们总算凑齐了六罐，最后一罐是在第三大道的一家熟食店买到的。那家店靠近一家古董店，店的橱窗里有一个像宫殿一般的鸟笼，所以我带她去看看。而她也赞赏鸟笼的奇妙设计，"但是，这仍然是一个牢笼"。

经过伍尔沃斯百货公司时，她抓住我的手臂："咱们去顺点东西吧。"她说着把我拉进商店，一进去我顿时就感受到一股被人注视的压力，好像我们已经被人怀疑了。"快来，别露怯。"她在一个堆满纸质南瓜灯和万圣节面具的柜台上搜寻。售货员忙着应付一群试戴面具的修女。霍莉挑选了一个面具，戴上，又拿了一个给我戴上。接着，她拉起我的手，我们就走了出去。就是这么简单。来到外面，我们跑了几个街区，我想是为了让整个行动更加惊心动魄一些。但是后来我发现，这是因为成功的偷窃使人兴奋。我好奇她是否经常偷东西。"我以前常这么干，"她说，"我是说，我不得不这样。如果我想要什么东西的话。但现在我偶尔还是会偷，算是保持手感了。"我们就这样一路戴着面具回家。

我记忆中和霍莉一起度过了许多四处闲逛的日子。不错，我们在许多零散的时间里见了很多面。但总体上，这段记忆并不真实。因为到了这个月月末，我找到了一份工作：还有什么可说的？越少越好，只能说这份工作是必要的，工作时间朝九晚五。这让我们的作息时间——霍莉和我的时间，变得截然不同。除非是星期四，也就是她的

"辛辛监狱日"，或者她偶尔去公园骑马，否则我每天回到家时霍莉基本都还没有起床。有时，我会停下脚步，在她为了晚上的活动打扮时，和她一起享用起床时的咖啡。她总是匆忙出门，虽然不都是和拉斯蒂·托勒一起，但通常是的。而且麦格·怀尔伍德和那位英俊的巴西人也常常和他们一起出门，他名叫何塞·伊巴拉－耶加尔：他的母亲是德国人。作为一个"四重奏"的组合，他们的音调并不和谐，主要问题出在伊巴拉－耶加尔身上，他在这个乐队中总是显得格格不入，就像爵士乐队中混进了一把小提琴。他聪明，衣着得体，似乎和他的工作有很大关系。这份工作隐隐约约和政府有关，似乎很重要，使他每周必须在华盛顿待上几天。那么，他是如何忍受一晚又一晚地在阿鲁俱乐部和摩洛哥饭店这样的地方听怀尔伍德的喋——喋——喋喋不休，看着拉斯蒂那张婴儿屁股一样的脸呢？或许，像大多数身处异国他乡的人一样，他无法像在国内那样很好地判断人们的身份，以恰当的眼光看待他们。于是，他对所有美国人都一视同仁，而基于这个标准，他的同伴们似乎成为他能够接受的具有当地风情和民族特点的典型例子。这就足以说明大部分问题了，而霍莉的决心则解释了其余的一切。

一天下午稍晚时，在等待第五大道的公交车时，我注意到一辆出租车在街对面停下，车上下来一个姑娘，她直奔四十二街的公共图书馆。在我认出她之前她就已经进了门，这可以理解，毕竟把霍莉和图书馆联系起来并不容易。好奇心驱使我从门口的狮子雕像之间走过，心里犹豫着自己该不该承认跟踪她，还是假装这是一次偶遇。最终，我什么都没做，而是躲在公共阅览室里离她几张桌子远的地方。她坐在那里，藏在桌上借来的书籍堆成的堡垒和她自己的墨镜后面。她飞快地翻着书，一本接一本，时不时在某一页停留，始终皱着眉头，仿佛字是倒着印的。她手里拿着铅笔，准备在纸上写字——但似乎没有什么能引起她的兴趣，不过她还是努力画上两笔，好像仅仅是为了好玩。注视着她，我想起了以前学校里认识的一个姑娘，叫米尔德丽德·格罗斯曼，是一个书呆子。米尔德丽德的头发总是湿乎乎的，眼镜也总是带着油渍，她的手指总是脏兮兮的，上面有解剖青蛙和带着咖啡去参加抗议留下的污渍。她了无生气的双眼只有在观察星星，估算它们的化学吨位时才会向上抬。天壤之别都不足以形容米尔德丽德和霍莉之间的差异，但是在我的脑海中，她们此时却成了一对连体婴儿。把她们俩连接在一起的思路是这样的：普通人的人格频繁地被重塑，甚至每隔几年我们的身体也会经历彻底的改变——不管我们是否愿意，这种变化是一件非常自然的事情。那么，这里有两个人却永远不会发生变化。米尔德丽德·格罗斯曼和霍莉之间的共同点就是，她们永远不会改变，因为她们太早就被赋予了自己的性格。而这，如同一夜之间暴富，就会引起比例失调：一个把自己挥霍成了头重脚轻的现实主义者，而另一个则成为了一边倒的浪漫主义者。我想象她们在未来的餐厅里，米尔德丽德仍在研究菜单上菜品的营养价值，而霍莉则贪婪地想要享用菜单上所有的美食。这种情景永远不会发生改变。她们能够始终用那种无视左侧悬崖的坚定步伐，走入生活，再走出生活。如此深入的观察让我忘记了自己身在何处。我惊讶地发觉自己正在图书馆的阴暗角落，又惊讶地看见霍莉也在那里。时间已经过了七点，她重新涂抹唇膏补妆，然后添上了丝巾和耳饰，把她认为适合图书馆的样子调整到适合克罗尼酒店的打扮。她离开后，我漫不经心地走到她的桌前，桌上还留着刚才她翻看的书籍，这些书是我想看的:《雷鸟向南行》《巴西侧影》《拉丁美洲政治思想》等等。

平安夜时，她和麦格举办了一场聚会。霍莉请我早点过去帮忙装饰圣诞树。我至今仍不确定他们是如何把那棵树弄进公寓的。树顶的枝条直戳天花板，底下的树枝能扫到两面的墙。整体看来这棵树就像在洛克菲勒广场那棵巨型圣诞树。而且，装饰这棵树的工作需要整个洛克菲勒家族的人来完成，因为圣诞装饰球和金属箔就像融化的雪一样，一下子就被这棵大树吸收了。霍莉提议她去伍尔沃斯百货公司偷一些气球回来，她真的去了。然后他们让这棵树摇身一变，成为一道奇景。我们为自己的工作成果干杯，霍莉说："去卧室看看。那儿有一个礼物是送给你的。"

我也有一个礼物要送给她：我口袋里揣着一个小包裹，当我看见床上用红丝带扎着的美丽鸟笼时，那个包裹显得更小了。"但是，霍莉！这太可怕了！"

"我完全同意。但我以为你想要这个。"

"可是太贵了！三百五十美元！"

她耸了耸肩。"多去几趟洗手间就挣回来了。不过，答应我，永远不要把活物放在里面。"

我想亲吻她，但她伸出手说："给我。"拍了拍我口袋的隆起位置。

"我怕这太寒酸了。"实际上也很寒酸：一枚圣徒克里斯托弗纪念章。不过至少这是从蒂凡尼买来的。霍莉不是个能保管好物品的姑娘，她如今一定已经把那枚纪念章搞丢了，丢在手提箱或是某个酒店的抽屉里。但那个鸟笼我仍然保留着。我拖着它去了新奥尔良、南塔科特，走遍了欧洲、摩洛哥和西印度群岛。不过我鲜少记起那是霍莉送给我的，因为我一度选择忘记这一切：我们大吵了一架，而这场冲突的核心就是这鸟笼和O.J.伯曼，以及我在那个大学评论刊物上发表的故事，我送了一本给霍莉。

二月的某一天，霍莉和拉斯蒂、麦格和何塞·伊巴拉－耶加尔一起去冬季旅行了。我们的争执就发生在她回来不久。她那时候肤色是碘酒一样的棕色,头发被太阳暴晒成了幽灵一样的颜色,她的度假时光很愉快:"嗯,最开始,我们到了基韦斯特,然后拉斯蒂对着几个水手发火,或者说那几个水手也对他发了火,总之他得一辈子佩戴脊柱支具了。最最亲爱的麦格最终也进了医院。一级晒伤。真恶心:全身起了水疱,涂满了香茅药膏。我们受不了她身上那股味道。于是何塞和我把他们留在医院,然后我们去了哈瓦那。他说里约会让我更惊艳,但是在我看来,哈瓦那就很对我胃口了。我们有一个特别有魅力的向导,他身上大部分是黑人血统,还有一点华人血统,虽然我不太偏爱这两种人,但是两者结合起来却很迷人:所以我就任他在桌子下面玩"膝盖游戏",因为说实话我并不觉得他无聊。但是接着有一天晚上,他带着我们去看了一场成人电影,你猜怎么回事?他竟然出现在屏幕上。当然,在我们回到基韦斯特的时候,麦格确信我这段时间里一直和何塞睡觉。拉斯蒂也是这么想的,但是他不在乎这个,他只想听细节。实际上,事情搞得很僵,直到我和麦格开诚布公地谈了一次。"

我们在客厅,虽然现在快三月了,那棵巨大的圣诞树已经开始泛黄,失去了香气,气球也像老奶牛的乳房一样瘪下去了,但它仍然占据着大部分空间。房间里新添了一件显眼的家具:一张行军床。而霍莉为了保持她从热带回来的模样，懒洋洋地躺在这张行军床上照太阳灯。

"那你说服她了吗？"

"说服她相信我没和何塞睡觉吗？天啊，当然。我只需要告诉她——当然，还要让这话听起来像是痛苦的忏悔——我是个同性恋。"

"她不可能信这话。"

"她当然相信。不然你觉得她为什么要去买这张行军床？这种事交给我吧：我一直是'让人震惊部'的头号人物。亲爱的，帮我个忙，给我后背涂点油。"在我给她提供这项服务时，她说："O.J.伯曼正好在城里，你听着，我把你上杂志的那篇故事给他看了。他非常赞赏。他觉得或许值得帮你一把。但是他说你走错赛道了。黑人和孩子：谁在乎他们呢？"

"显然不是伯曼先生。"

"嗯，我同意他的观点。这篇故事我读了两遍。毛头小孩儿和黑鬼。颤抖的树叶。全是描述。没什么意思。"

我的手正在她的皮肤上把油涂匀，似乎也有了自己的脾气：它渴望自行抬起来，然后重重落在她的屁股上。"给我举个例子，"我静静地说，"在你心目中，有意思的东西。"

"《呼啸山庄》。"她毫不犹豫地脱口而出。

暗藏在我手中的冲动已经快要无法控制了。"但这不合理。你说的是一部天才作品。"

"是的，不是吗？我野性甜美的凯西。天哪。我哭得一塌糊涂。我看了十遍。"

我说了一声"噢"，明显松了一口气的"噢"，带着让人羞耻的、逐渐上扬的升调，"电影"。

她的肌肉僵住了，摸起来像是一块被太阳晒暖的石头。"每个人都觉得自己比什么人更优越，"她说，"但是在你这么觉得之前，通常得先拿出点证据来。"

"我没有拿自己和你比，也没和伯曼比。所以我也没法感到优越。我们追求的东西不一样。"

"你不想挣钱吗？"

"我还没有那么长远的计划。"

"你的故事就像是这样写成的，就好像你写的时候还不知道结局是什么。那好，我告诉你：你最好挣到钱。你的想象力很奢侈。不会有太多人给你买那个鸟笼子。"

"抱歉。"

"如果你打了我，就真该道歉了。你在一分钟之前就想这么干，我能从你手上感觉到，而且你现在还想。"

我的确想，极其想。在给油瓶盖上盖子拧紧的时候，我的手和心脏都颤抖得厉害。"噢不会的，我不会为这个后悔。我只是觉得你在我身上乱花钱了：从拉斯蒂·托勒身上赚这些钱可不容易。"

她从行军床上坐起来，脸庞和裸露的胸部在太阳灯的照射下泛着冰冷的蓝色。"从这里走到门口你大约需要四秒,我给你两秒。"

我径直走上楼去,拿了鸟笼,下楼放在她房门前。这样就把一切都了结了吧。至少我这么以为。直到第二天早晨,在我离开家要去上班时,我看见那只鸟笼端正地立在人行道上的一个垃圾桶盖上,等待着垃圾回收工人来收走的命运。我十分难为情地挽救了它,把它带回到我的房间,这种投降的举动并没有削弱我要把霍莉·戈莱特利从我的生活中彻底清除出去的决心。我认定她就是个"粗俗的表演狂""一个虚度光阴的人""一个彻头彻尾的冒牌货"——再也不值得我和她说话。

我确实有很长一段时间都没再和她说话。我们在楼梯上擦肩而过时目光低垂。如果她走进乔·贝尔的酒吧,那我就出去。有段时间,那位住在一楼的花腔女高音和轮滑爱好者——莎菲亚·斯班涅拉太太——在这幢公寓的其他租户中发起一份请愿书,要求一起采取行动把戈莱特利小姐赶出去:斯班涅拉太太声称她"道德败坏",而且"带头举办通宵狂欢的派对,危害左邻右舍的安全和精神状态"。虽然我拒绝签字,但内心里却觉得斯班涅拉太太有所抱怨也是情有可原。不过,她的请愿失败了,随着四月渐渐迈入五月,在那些开着窗户的温暖春夜里,回荡着从霍莉的二号公寓传出的派对的喧闹声,响亮的留声机音乐和马提尼酒后放肆的欢笑。

遇到霍莉的那些形迹可疑的来访者并不新奇，反倒是稀松平常。但在那年暮春的一天，在我经过公寓前厅时，注意到一个非常可疑的男人在检查她的信箱。这个人五十出头，有一张饱经风霜的脸，和流露出某种凄苦的灰暗双眼。他头戴一顶汗渍斑斑的灰色旧帽子，一套浅蓝色的廉价夏季西装松松垮垮地挂在他瘦削的身体上，鞋子则是一双簇新的棕色皮鞋。他似乎并不打算去按霍莉的门铃，而是缓慢地、像在读盲文一样，用手指一遍遍地抚摸着霍莉名字上凸起的字母。

那天晚上，我再次看到了他。那时我正要去吃晚餐，他就站在街对面，倚着一棵树，抬头盯着霍莉的窗户。我的脑海里涌入了各种令人不安的揣测。他是侦探吗？还是和她那位在辛辛监狱的朋友萨利·托马托有关联的某个黑帮暗探？眼下的情况再次唤醒了我对霍莉的关切，公平来说，我觉得即便我们正在闹矛盾，也应该暂时停战，去提醒她注意，她正在被人监视。我朝东往七十九街和麦迪逊大道转角处的汉堡天堂走去时，能够感觉到那个男人的视线紧盯着我。不久，我不用转头就知道他在跟踪我，因为我能听见他在吹口哨。而且并不是什么常见的曲调，而是霍莉有时用吉他弹唱的那首凄婉的草原小曲："不想睡觉，不想死去，只想在天际的牧场间流浪。"他一路吹着口哨，从曼哈顿林荫大道穿过,沿着麦迪逊大道往上走。其间,我在等待交通信号灯变绿时,用眼角的余光瞥见他弯腰去抚摸一只不太干净的博美犬。"你有一条好狗。"他用拖长的粗重乡音跟狗主人说。

汉堡天堂空无一人。然而,他还是在长吧台桌上选了一个紧挨着我的座位坐下。他身上混杂着烟草味和汗味。他点了一杯咖啡,但端上来的时候并没有喝,而是嚼起了一根牙签,透过我们对面墙上的镜子打量起我来。

"打扰了,"我通过镜子对他说,"你到底想怎么样?"

这问题并没有让他尴尬,反而让他显得松了一口气。"小伙子,"他说,"我需要一个朋友。"

他拿出一个钱包。这个钱包和他粗糙的双手一样磨损严重,破得不成样子。他递给我的那张快揉烂了的照片也是一样,颜色也模糊了。照片上有七个人,全都站在一座破旧木屋的快要塌陷的门廊上,照片上全是小孩,除了这个男人自己。他的手搂在一个金发小女孩的腰上,那个小女孩胖乎乎的,正用一只手遮挡阳光。

"那是我,"他指着照片上的自己说,"那个是她……"他轻轻点了点那个胖乎乎的小女孩。"这儿这个,"他又指了指一个淡金色头发的瘦高男孩说,"那是她的哥哥弗雷德。"

我再次端详起那个"她"来:是的,我现在确实能够看出一点模糊的相似性——在这个眯着眼睛、两颊胖乎乎的孩子身上,依稀有霍莉的影子。同时,我终于意识到这个男人是谁。

"你是霍莉的父亲。"

他眨了眨眼,眉头紧蹙。"她不叫霍莉。她原来叫露拉美·巴恩斯。"他转动着嘴里的牙签说,"后来她嫁给了我。我是她的丈夫多克·戈莱特利①。我是一名马医,伺候动物的。也种点地,住在得克萨斯州,靠近图利普。小子,你笑什么?"

其实那不是真正的笑声,而是神经抽搐。我吞下一口水,然后呛着了。他拍了拍我的后背。"这事一点都不好笑,孩子。我累坏了。我花了五年时间到处找我的女人。我一收到弗雷德给我的信,信上说了她在哪里,我就立刻给自己买了张灰狗长途汽车票。露拉美应该回家,回到她的丈夫和孩子们身边。"

"孩子们?"

"那些是她的孩子们。"他几乎是喊出来的。他说的是照片中其他四张年轻的面孔,有两个光脚的姑娘,还有一对穿工装裤的男孩。当然,这个男的精神错乱了。"但是霍莉不可能是这些孩子的母亲。他们比她年纪还大,体格也大些。"

---

① "多克"(Doc)在英语里有"医生"的意思。

"你听着，小伙子，"他用一种劝导的语气和我说，"我可没说他们是她的亲生孩子。他们自己的亲生母亲，天使般的女人，愿耶稣让她的灵魂安息，她在一九三六年七月四日，就是独立日那天去世了。那年是大旱。我娶露拉美是在一九三八年十二月，那时候她快满十四岁了。一个普通人在十四岁的年纪，也许还不太清楚他们在做什么。但是你要知道，露拉美可不是一般的女人。她答应要做我的妻子和孩子们的母亲时，她很清楚自己在做什么。她就这么跑掉真是伤透了我们的心。"他啜了一口已经凉透的咖啡，并用探求的诚恳目光看向我。"现在，你还怀疑我吗？你相信我刚才说的都是真的吗？"

我相信了。因为这故事实在太离奇，不可能是编出来的。而且这和O. J. 伯曼对他第一次在加州遇见霍莉的描述相吻合："你不知道她是个山里人，还是个俄克佬，或者其他什么人。"没有猜到霍莉是得克萨斯州图利普逃出来的童婚妻子，真不能怪伯曼。

"就这么跑掉真是伤透了我们的心，"眼前这位马医又重复了一遍，"她没理由这么做。所有的家务活都是她的女儿们干的。露拉美的日子过得可舒服了：每天对着镜子忙活，洗她的头发。我们有自己的奶牛、自己的菜园，鸡和猪什么都有。小伙子，那个女人真的养胖了。而她的哥哥，长得像个巨人。这和他们刚到我们家时可完全不一样。

是我的大女儿内莉带他们回来的。一天早上,她找我说:'爸爸,我把两个野孩子锁在厨房里了。我在外面抓到他们偷牛奶和火鸡蛋。'那就是露拉美和弗雷德。不过,你从没见过比他们更可怜的小家伙了。身上的肋骨都突出来了,腿瘦得几乎站不住,牙齿晃得连喝粥都费劲。原来是他们的母亲死于肺结核,父亲也是——家里一大群孩子都被分散送到不同的刻薄人家去养了。露拉美和她哥哥,俩人被送到图利普往东一百多英里的一户人家,那户人家很刻薄。她完全有理由从那里逃跑。但是她从我们家逃走,就完全没有道理了。那也是她的家啊。"他说着,把胳膊肘支在柜台上,用指尖按压着紧闭的双眼,叹了口气。"她胖了以后长成了个真正的美人,活泼极了,像只喜鹊一样叽叽喳喳地爱说话,什么事都能好好点评一番,比收音机还厉害。我每天第一件事就是出去给她采花。我为她驯养了一只乌鸦,教它说她的名字。我还教她弹吉他。仅仅是看着她我的眼泪就涌上来。那天晚上我向她求婚时,哭得像个孩子。她说:'你哭什么呀,多克?我们当然要结婚。我可从来没结过婚。'当时我都忍不住笑了,抱着她又亲又搂:'从来没有结过婚!'"他笑了笑,嚼了会儿牙签,"别跟我说那女人那时候不幸福!"他挑衅地说:"我们都很宠爱她。除了吃点心,除了梳她的头发和订杂志,她连手指都不用抬一抬。我们家有上百美元的杂志。要是让我说，那才是问题的根源。看那些装模作样的照片，读着那些白日梦，那些就是让她开始离开家走到外面大路上的原因。每天她都走得更远：一英里，然后回家。再走两英里，然后回家。有一天，她干脆没回头。"他又用双手捂住眼睛，呼吸声变得断断续续。"我送给她的乌鸦也野性发作，飞走了。整个夏天你都能听到它的叫声。院子里，花园里，树林里。整个夏天那该死的鸟都在叫着：露拉美，露拉美。"

他弓着身子，陷入沉默，仿佛在聆听那个遥远夏日的回声。我把账单拿去收银台结账。他跟着我，我们一起走出餐厅，走到曼哈顿林荫大道上。那是个凉爽有风的晚上，华丽的遮阳篷在风中拍打着。我们都沉默不语，直到我问："那她的哥哥呢？他没有离开吗？"

"没有，先生，"他清了清嗓子说，"弗雷德一直和我们在一起，直到他入伍。一个很好的小伙子。很会养马。他也不知道露拉美是着了什么魔，怎么能离开她的哥哥、丈夫和孩子。不过，他入伍以后倒是开始收到她的信。前不久他写信给我告诉了她的地址。所以我来接她了。我知道他为她做过的事感到抱歉，我也知道她想回家。"他似乎是在征求我的同意。我告诉他，我觉得他会发现霍莉，也就是露拉美，发生了一些变化。"听我说，孩子，"在我们到达褐砂石楼房门口的台阶时，他说，"我跟你说过我需要一个朋友。因为我不想惊扰到她，不想让她受惊吓。

这也是为什么我一直没直接行动。你就当是我的朋友，告诉她我到这里来了。"

把戈莱特利太太介绍给她丈夫的这个念头有让我期待的一面。我抬头望向她亮着灯的窗户，希望她的朋友们都在，因为一想到能看见这个得克萨斯人和麦格、拉斯蒂、何塞——握手，就更让我感到期待了。但是多克·戈莱特利骄傲诚挚的双眼和汗渍斑斑的帽子让我为自己有这样的期待而感到羞愧。他跟着我进了楼，准备在楼梯下面等。"我看起来还行吗？"他小声问，掸了掸袖子，紧了紧领结。

霍莉一个人在家。她立刻来开了门。事实上，她正要出门——白色缎面舞鞋和扑鼻的香水预示着一场盛大的舞会。"哎呀，白痴。"她说着，拿包轻轻拍了下我，"我现在时间太赶了，今天就不多说了。我们明天再好好聊，行不行？"

"当然可以，露拉美。如果你明天还在这里的话。"

她摘掉墨镜，眯起眼睛打量我。她的眼睛就像破碎的棱镜，蓝色、灰色、绿色的斑点就像碎掉的光芒。"他告诉你了。"她用一种微弱、颤抖的声音说道。

"噢，拜托。他在哪里？"她越过我冲到走廊。"弗雷德！"她往楼下大喊，"弗雷德！你在哪里，亲爱的？"

我能够听见多克·戈莱特利医生爬楼梯的脚步声。他的脑袋从栏杆上方显现出来，霍莉则慢慢向后退，不是因为害怕，而像是退到了一个失望的壳子里。然后，他站在她面前，垂头丧气又有些害羞。"天哪，露拉美。"他开始说话了，但停顿了一下，因为霍莉正茫然地看着他，仿佛认不出来。"老天，亲爱的，"他说，"他们这儿的人不给你吃饭吗？你太瘦了。就像我刚见到你那会儿，眼神也是那么野。"

霍莉轻轻碰了碰他的脸，她的手指触摸着他的下巴，感受着他胡楂的真实感。"你好，多克。"她温柔地说道，然后亲了亲他的脸颊。"你好，多克。"她快乐地重复道，他用力把她举起来，双脚离地，几乎都要压断她的肋骨。他的笑声充满了解脱的喜悦。"天哪，露拉美。真是太棒啦。"

我从他们身旁挤过，走上楼回到自己房间时，他们谁都没有注意到我。他们似乎也没察觉到住在楼下的沙菲亚·斯班涅拉太太，她打开自己的房门大声叫喊："闭嘴！丢人现眼。到别处鬼混去吧！"

"和他离婚？我当然从来没有和他离婚哪，我当时只有十四岁。这根本不可能合法。"霍莉敲了敲空的马提尼酒杯，"再来两杯，我亲爱的贝尔先生。"

我们正坐在乔·贝尔的酒吧里，他不情愿地接受了她的订单。"你们现在就这么喝是不是早了点。"他边嚼着抗胃酸片边抱怨。吧台后面的黑色桃花心木时钟显示时间还没到中午，而他已经给我们上了三轮酒。

"但是今天是星期天哪，贝尔先生。时钟在星期天总是走得慢一些。更何况，我还没睡觉呢，"她告诉他，然后对我悄悄说，"不是说睡觉。"她脸红了，然后心虚地瞥向一旁。自从我认识她以来，这是她第一次感觉需要为自己辩解："唉，我必须这么做。你知道，多克是真的爱我，而且我也爱他。也许你觉得他看起来又老又邋遢。但是你不知道他有多善良，他能给鸟儿、孩子们和那些脆弱的小生命带来信心。任何曾给你信心的人，你都会欠他们一份人情。我在祷告里一直记着多克。别再笑话我了！"她掐灭了一根烟，命令道。"我确实会做祷告。"

"我没有笑话你。我只是在微笑。你是我见过最了不起的人。"

"我想我确实是。"她说，原本在晨光下显得有些憔悴的苍白面容，此时也变得容光焕发。她捋了捋凌乱的头发，头发的颜色在光线下闪烁着，像洗发露广告里的一样。"我现在看起来一定是很糟吧。但是谁不会这样呢？我们昨晚剩下的时间都在汽车站里游荡。直到最后一分钟，多克还以为我会跟他一起走。尽管我一直告诉他：'多克，我已经不是十四岁的我了，我也不再是露拉美了。'但可怕的是（我站在那里时就意识到了）我还是那个我。我仍然在偷火鸡蛋，在荆棘丛生的野地里狂奔。只是现在我可以把这些行为统统称作是'心里发慌'。"

乔·贝尔一脸不屑地为我们摆上新调的马提尼。

"永远不要爱上一个野性难驯的东西，贝尔先生，"霍莉劝告他，"多克就犯了这个错误。他总是费力把一些野东西拖回家。一次是伤了一边翅膀的鹰，一次是一只断了一条腿的成年山猫。但是你不能对这些有野性的动物付出真心；你付出的越多，它们就会变得越强壮。直到它们足够强大，跑回森林里去，或是飞上大树，接着又是更高的大树，然后就飞上天空。贝尔先生，如果你爱上了有野性的东西，这就是你的下场，最后你只能仰望天空。"

"她喝醉了。"乔·贝尔告诉我。

"稍微有点，"霍莉承认，"但是多克理解我的意思。我跟他解释得非常仔细，我说的那些话他都能听懂。我们握手拥抱，然后他祝我好运。"她瞥了一眼时钟。"他现在一定已经到了蓝岭山脉了。"

"她在说些什么？"乔·贝尔问我。

霍莉举起她的那杯马提尼。"让我们也祝多克好运，"她说着，和我碰杯，"祝你好运，亲爱的多克，而且相信我——仰望天空要比在那里生活强多了。那么空旷的一个地方，如此模糊。那不过就是个雷声一响，一切都会消失的乡村。"

"托勒四度娶妻。"看到这则头条新闻时，我正在布鲁克林某处的地铁上。那份报纸是另一名乘客的。我只能看到其中一部分内容：拉瑟弗德·托勒，人称"拉斯蒂"，这位身价百万的花花公子常被指控为纳粹支持者，昨日与人私奔至格林威治，绯闻女主角是一名美丽的——后面我就不想再继续读下去了。霍莉嫁给他了：好吧，好吧。我多么希望跳到火车车轮底下。但其实我在看到这则标题之前就想这么干了，原因很多。自打那次我们在乔·贝尔的酒吧度过了一个醉醺醺的星期天后，我已经好几个星期没再见过霍莉了。那段时间里，我也染上了"心里发慌"的毛病，非常严重。首先，我丢了那份工作：完全是活该，我犯的错误着实搞笑，因为太复杂在这里解释不清楚。其次，兵役处突然也盯上了我，这让我感到不妙。再说，最近刚从严格呆板的小镇生活中逃离出来，再去过另外一种纪律严明的生活让我感到无比绝望。征兵前景不明，又缺乏扎实的阅历，夹在这两件烦心事之中，我一时好像找不到新的工作。这就是为什么我会出现在布鲁克林的地铁上：我刚和一家已经停刊的报纸——《下午报》（*PM*）——的编辑结束一场面试回家，面试结果让人沮丧。所有这一切，再加上夏日城市的暑热，让我处于一种神经衰弱的停滞状态。因此，当我希望自己被列车碾过时，其实有一半是真的。而看到那则新闻标题时，这个念头更加明确了。要是霍莉真的嫁给了那个"荒谬的小怪物"，那我还不如让在这个世界上横行的犯错大军从我身上踏过去得了。还是说，显而易见的问题是，我的愤怒会不会有一点源于自己对霍莉的爱呢？一点点吧。因为我确实爱上了她。就好像我曾经爱上我母亲的黑人老厨娘，还有那个让我跟着他一起送信的邮递员，以及整个麦肯德里克家族。这样的爱同样会引发嫉妒。

到站时，我买了一份报纸，读完了那句话的结尾，发现拉斯蒂的新娘是：一名美丽的封面女郎，来自阿肯色州山区的玛格丽特·撒切尔·费兹休·怀尔伍德小姐。麦格！我松了口气，双腿都软了，剩下的路只好打了一辆出租车回家。

走进大楼时，沙菲亚·斯班涅拉太太在走廊遇到了我，她两眼圆睁，搓着双手。"快跑，"她喊道，"去叫警察来。她在杀人。有人在杀她！"

听起来确实像是这样，霍莉的公寓里像放进了几只老虎一般，充满了玻璃破碎、撕扯、喊叫和掀翻家具的声音。但是骚乱中并没有争吵的声音，这让情况更不对劲了。"快跑，"斯班涅拉太太尖叫着把我往外推，"告诉警察这里杀人了！"

我拔腿就跑，只不过是向霍莉门口跑去。但是拼命敲门的唯一作用是：屋里的骚乱声逐渐减弱，直到完全停止。但是没有人应门，而我拼命想要把门撞开，结果弄伤了肩膀。接着我听见下面传来斯班涅拉太太的声音,她在指挥某个新来的人去叫警察。"闭嘴,"那人对她说,"让开!"

是何塞·伊巴拉-耶加尔。他看起来完全不像是那个潇洒的巴西外交官了,而是满头大汗,神情惊恐。他也命令我让开。然后他用自己那把钥匙打开了门。"在这里,戈德曼医生。"他向一个随他一同前来的男人示意说。

既然没有人阻拦我,我就跟着他们进了公寓,里面一片狼藉。那棵圣诞树最终彻底被拆解了,确切来说是被毁掉了:枯黄的树枝七零八落地散在满地被撕坏的书籍、破碎的台灯和唱片中。甚至冰箱也被清空了,里面的东西被扔得到处都是:生鸡蛋液顺着墙壁流下。在这一堆废墟的正中间,霍莉那只没有名字的猫正安静地舔食着一摊牛奶。

卧室里,打碎的香水瓶子散发出的味道让我一阵作呕。我踩到了霍莉的墨镜:这墨镜被扔在地上,镜片已经碎裂,镜框也断成两半。也许正因如此,霍莉僵硬地坐在床上望着何塞的眼神才会如此空洞呆滞,而且似乎也没看见正在摸她脉搏的医生,医生温柔地说:"你就是累了,女士。太累了。你要去睡一觉,对吧?去睡吧。"

霍莉揉了揉额头,指尖在上面留下了一抹血渍,那是她的手指割破了。"睡觉,"她说,像个疲惫不堪又烦躁的孩子一样呜咽起来,"他是唯一一个会让我,让我在寒冷的夜晚抱着睡觉的人。我看到了一个地方,在墨西哥,有马,在海边。"

"有马,在海边。"医生一边低声哄着她,一边从他的黑色医药箱取出一支针管。

何塞转过头去,因为晕针。"她生病只是因为悲伤过度?"他用蹩脚的英语发问,又无意中给这个问题蒙上一层讽刺的意味。"她只是悲伤过度吗?"

"一点也不疼对不对?"医生得意地说,用一块棉花轻轻按在霍莉的手臂上。

她终于醒过神来,看着大夫:"哪儿都疼。我的眼镜呢?"但是她并不需要眼镜。她的眼睛已经慢慢闭上了。

"她只是因为悲伤吗?"何塞还在揪着这个问题不放。

"拜托了先生,"医生对他不耐烦地回答,"请您让我和病人单独待一会儿。"

何塞退到客厅,把怒火发泄到鬼鬼祟祟的斯班涅拉太太身上。她正踮着脚,想要偷听。他用葡萄牙语的咒骂把她赶出了门,她威胁道:"别碰我!我要报警。"

他似乎考虑过把我也赶出去,我从他的表情里多少看出一点。但是,最后他邀请我一起喝一杯。我们找到的唯一完好的瓶子里装的是干苦艾酒。"我担心的是,"他向我吐露,"我担心这件事引发丑闻。她砸坏了所有的东西,行为像个疯子一样。我不能卷进公开丑闻,这太敏感了:我的名声,我的工作。"

得知我认为不会有什么引发"丑闻"时,他的情绪似乎稍微振奋了一些。毕竟,砸自己家的东西,大概也只能算是私人事务。

"这就只是悲伤过度的问题,"他坚称,"当她伤心起来时,先是摔了手里正在喝的那杯酒。然后就是整瓶酒、那些书,还有一盏灯。然后我害怕了,赶紧去请了医生。"

"但是为什么?"我想知道。"是什么让她这么激动,拉斯蒂?我要是她,一定得庆祝一下。"

"拉斯蒂?"

我还拿着那份报纸,给他看了头条。

"噢,那个。"他十分轻蔑地笑道,"拉斯蒂和麦格可帮了我们一个大忙。我们对这件事笑到不行:他们还以为伤透了我们的心,实际上,我们巴不得他们远走高飞。我向你保证,噩耗传来时,我们正在哈哈大笑。"他目光扫过地上的一片狼藉,捡起一团发黄的纸。"是这个。"他说。

那是一封从得克萨斯州图利普发来的电报:

得知年轻的弗雷德在海外阵亡你的丈夫和孩子一同哀悼我们共同的损失信件即到爱你多克。

霍莉再没有提过她的哥哥:只有一次。此外,她也不再叫我弗雷德了。六月、七月,所有这些炎热的月份里她却像一只冬眠的动物一样躲了起来,仿佛不知道春天已经来过又走了。她的发色变深了,体重也增加了,穿着打扮变得有些随意,有时甚至只穿着一件雨衣匆匆跑去熟食店。何塞搬进了霍莉的公寓,信箱上他的名字取代了麦格·怀尔伍德。然而,霍莉大部分时间依然是独处的,因为何塞一星期有三天要待在华盛顿。他不在的时候,霍莉不再招待客人,也极少外出——除了星期四,每个星期的这一天她都会前往奥西宁的辛辛监狱。

这并不意味着她已经失去了对生活的兴趣。恰恰相反,她似乎比我见过的任何时候都要更加知足,也更加快乐。她突然间萌发的不太"霍莉"的持家热情导致了几次不太"霍莉"的购物:她在一次派克－贝纳特拍卖会上拍得了一幅"猎鹿"挂毯,还从威廉·伦道夫·赫斯特的庄园购买了一对阴森森的哥特风"安乐"椅;她买下了整套《现代文库》、成排的古典唱片,以及无数大都会博物馆的复制品(包括一尊中国的猫雕塑,她自己的猫很不喜欢它,经常冲它叫,最终被打碎了);她还添置了一台华庭牌搅拌机、一口高压锅,还有一整套烹饪书。她花整个下午,像家庭主妇一样挤在蒸笼般的狭小厨房里忙活:"何塞说我比克罗尼酒店的厨师做的还要好。说真的,谁会想到我居然有这样的天赋呢?一个月以前我连炒鸡蛋都不会做。"其实,她依然不会。简单的饭菜,比如牛排或是像样的沙拉,也完全超出了她的能力范围。相反,她填饱何塞,偶尔也会带上我,用的是"怪味"汤(比如白兰地腌渍过的黑色水龟倒进牛油果壳里)、尼禄风格的创意菜(肚子里塞满石榴和柿子的烤野鸡),还有其他乱七八糟的创新菜(鸡肉和藏红花米饭佐巧克力酱:"这是一道东印度经典菜式,亲爱的。")尽管战时糖和淡奶油配给限制了她在甜点方面的想象力,她却依然成功炮制出一种叫"烟草木薯布丁"的东西——我最好还是不要描述它的味道。

霍莉尝试掌握葡萄牙语的努力也令人不堪忍受,这对我和她来说都是一种枯燥的折磨。因为不论任何时候,我去找她,总能听到留声机播放着《灵格风》的语言教学唱片。还有,现在她说的几乎每句话开头都是"等我们结婚以后——"或者"等我们搬去里约以后——",但事实上,何塞从未提过结婚的事。她也承认这个事实。"但是,毕竟他知道我怀孕了。没错,我怀孕了,亲爱的,已经有六个星期了。我不明白你为什么这么吃惊。我可一点也不惊讶。一点也不。我很高兴。我想至少要生九个孩子。我确定其中一些肤色会更深——何塞有一点点 le nègre[①] 血统,我想你应该已经猜到了?我不介意这个:还有什么能比一个拥有一双明亮又漂亮的绿色眼睛的机灵宝宝更好看的呢?我希望——请不要笑我——但是我真的希望能为何塞保留童贞。并不是说我像有些人说的那样和数不清的人有过关系:我不怪那些混蛋这样说,我总是表现得放

[①] 法语,意为"黑人"。

荡。但是，说真的，前几天晚上我数了一下，其实我只有过十一个情人——不算十三岁以前的那些，因为，说到底，那些根本不算数。十一个。这就让我变成一个妓女吗？看看麦格·怀尔伍德、霍尼·塔克，或是罗丝·埃伦·沃德。她们和男人上床的次数比鼓掌都多。当然我对妓女没有任何意见。只是有一点：她们或许有些人嘴上诚实，但是全无真心。我的意思是说：你不能和一个男的睡过又拿了他的钱，却都没有做出试着去相信自己爱他的努力。我从来不会这样。即使是本尼·沙克利特和那些渣滓，我也好像是自己给自己催眠了，让自己相信他们的猥琐中也有某种特别的吸引力。实际上，除了多克，如果你把他也算上，何塞是我第一个不那么猥琐的恋人。

"噢，他不是我的绝对理想型。他会说点小谎，也很在意别人的看法，一天要洗五十次澡：我觉得男人应该有点体味的。他太一本正经了，太小心翼翼，跟我的理想型差得远。他总是背对我穿衣服，吃饭时声响太大，而且我不喜欢看他跑步，因为他跑起来的样子有点滑稽。如果我能够在所有活着的人里自由选择，打个响指说声'你过来'，我不会选何塞。尼赫鲁，他可能更接近我的标准。还有温德尔·威尔基。要不然我可能会随时接受嘉宝。为什么不呢？一个人有权选择和男人或女人结婚——听着，如果你来找我说你想和"战神"结婚，我也会尊重你的感受。真的，我是认真的。爱情应该被允许。我全身心赞成这个，因为现在我对爱情已经有了更好的理解。因为我确实爱何塞——如果他要求，我甚至会戒烟。他很友善，能让我摆脱那些'心里发慌'的时刻，不过我现在很少有这些时刻了，只是偶尔，而且即使有，也不至于严重到需要吃安眠药，或是非得去趟蒂凡尼。我把他的西装送去干洗店，或者是给蘑菇填上点馅儿，就感觉好一些，好极了。还有一件事，就是我把我的占星图给扔了。我花的钱一定和该死的银河系里的该死的星星一样多了。这太无聊了，但是它总是告诉你，好事只会降临在好人身上。好人？我更算得上是个诚实的人。不是那种遵纪守法的诚实——如果我觉得这能让我过一天高兴日子，我也会去盗墓，去偷走死人眼睛上的两毛五分钱——我说的是忠于自己的那种诚实。绝不做懦夫、伪装者、感情骗子，或是妓女：我宁愿得癌症也不要有一颗不诚实的心。这不是宗教上的虔诚，只是务实。癌症可能会让你的身体变得冰冷，但是不真诚的心一定会让你更糟糕。噢，不说这个了，亲爱的——把我的吉他递给我，我要用最地道的葡萄牙语给你唱首歌。"

那最后的几个星期，跨越了夏末和初秋的日子，我已经记忆模糊，也许是因为我们之间的理解已经达到了一种甜蜜的深度，更多时候我们是以沉默代替言语来交流：一种亲密的安静取代了紧张、无法松懈的闲聊和无穷的追问，虽然后者往往会给友情带来表面上更显眼、更具戏剧性的时刻。经常在他出城的时候（我对他逐渐萌生一股敌意，几乎不再提及他的名字），我们整晚待在一起，对话几乎不会超过一百个词。有一次，我们一路走到唐人街，吃了一顿炒面，买了一些纸灯笼，还偷了一盒香，然后溜达着穿过布鲁克林大桥。站在桥上，我们看着那些向海上驶去的船只穿过燃烧的天际线下悬崖般的摩天大楼之间，她说："许多年以后，许多许多年，这其中一艘船会把我带回来，我和我的九个巴西孩子。因为是的，他们必须看见这一切，看到这些灯光，看到这条河——我爱纽约，虽然它并不属于我，就像一棵树、一条街或一幢房子一样，总得有什么东西因为我属于它而属于我。"我说："闭嘴。"因为我气愤地发现自己被遗漏了——成了一艘停靠在干船坞的拖船，而她，则成为一个闪闪发光的航行者，朝着明确的目的地扬帆起航，驶出港口，拉响汽笛，空中洒满了五彩纸屑。于是，最后的那些日子在我的记忆中飘荡，变得朦胧，带着深浓的秋意，像落叶一样：直到我生命中最不寻常的一天。

那天恰好是九月三十日，我的生日，这个事实倒没有对事件产生什么影响，那天我只是期待着家里给我寄一些钱做礼物，因此急切地等待邮递员一大早便过来。实际上，我是下楼去等的。如果我不在门厅徘徊,霍莉就不会邀请我去骑马,随后也就不会有机会救我一命了。

"快来,"当她发现我在等待邮递员时说,"咱们去公园骑骑马吧。"她当时穿着一件风衣,搭配一条蓝色牛仔裤和网球鞋,她拍拍肚子,让我注意那里依然平坦:"不要以为我出去一趟就会失去这个继承人。不过那里有一匹马,我亲爱的老梅布尔·米内尔娃——我不能不和她告别就走。"

"告别?"

"下个星期六。何塞已经买了票。"在恍惚中,我任由她带我走到街上。"我们在迈阿密转机。然后飞过大海,飞过安第斯山脉。出租车!"

飞过安第斯山脉。当我们坐在出租车上穿过中央公园时,我感觉自己也在飞,孤寂地飘过积雪覆顶、危机四伏的山岭。

"但你不能这样。毕竟,那什么……呃……那什么。嗯,你不能就这样抛下一切,一走了之。"

"我觉得没人会想念我。我没有朋友。"

"我会想你。乔·贝尔也会。还有,噢——好多人。像萨利——可怜的托马托先生。"

"我爱过老萨利,"她说着叹了口气,"你知道吗,我有一个月没去看他了。当我告诉他我要离开时,他简直像个天使。其实——"她皱了皱眉,"他似乎很高兴我离开这个国家。他说这对大家都好。因为早晚会有麻烦。要是他们发现我并不是他的亲侄女。那个胖律师,奥肖内西,奥肖内西给我寄了五百美元,是现金。这是萨利送我的结婚礼物。"

我故意刻薄地说:"你也会收到我的礼物的,等你办婚礼的时候——要是真有婚礼的话。"

她大笑了:"他肯定会和我结婚的。在教堂里。还会有他的家人在场。这就是我们要等到了里约再说的原因。"

"他知道你已经结过婚了吗?"

"你有什么毛病?你存心要毁了这一天吗?今天天气这么好:别破坏气氛!"

"但这完全有可能——"

"没这个可能。我告诉过你,那不合法,不可能的。"她揉了揉鼻子,斜眼瞟了我一眼。"亲爱的,你要是跟任何一个活人提起这事,我就把你像一头肥猪一样倒吊起来处理掉。"

那些马厩——我想现在已经变成了电视台演播室——位于西六十六街。霍莉给我挑选了一匹老迈的背部下凹的黑白花母马:"别担心,她骑上去比摇篮还安全。"这个担保对于我来说是必要的,因为我的骑术经验仅限于童年时在游乐场花十美分骑小马。霍莉扶我上了马鞍,随后她自己也骑上了她的马，一匹通体银色的马，它一路引领着我们穿过中央公园西区的车流，走上一条铺满落叶的马道，秋风吹动着斑驳的落叶在空中起舞。

"看到了吗？"她大喊出来，"多棒啊！"突然间，确实是这样。突然间，看着霍莉五颜六色的蓬乱头发在红黄相间的叶片间透出的光芒中闪烁，我觉得我爱她之深，足以忘记自己，忘记了我那些年自怜的绝望，心满意足地看着她心里所认为的美好事情即将发生。两匹马开始小跑，动作轻柔，呼啸而过的风拍打我们的脸庞，我们冲进一片片交错的阳光和树荫之间，欢愉，一种为活着而感到欣喜的激动，如一针兴奋剂一样冲击着我。但只持续了一分钟，下一刻就上演了一场危险的闹剧。

突然间，就像是在热带丛林里伏击的野蛮人一样，一帮黑人男孩从小道旁的灌木丛中一跃而出。他们吼叫着、咒骂着，朝马屁股扔石头，还用树枝抽打着马。

我那匹黑白花母马突然前腿腾空直立起来，发出嘶鸣，像走钢丝的艺人一样跟跄摇晃了一下，接着便沿着小道狂奔，震得我双脚脱离了马镫，勉强挂在马背上。马蹄在砂石路面上擦出火花。天空在我眼前旋转，树木、漂浮着小男孩玩具船的湖面、雕像，飞快地从我眼前掠过。保姆们冲过去把孩子从我们狂暴的马匹前扯开；男人、流浪汉和其他人大喊："拉住缰绳！""停下，伙计，停下！""跳下来!"不过,我后来才回想起这些声音。当时我唯一意识到的是霍莉,她像个牛仔一样在我身后骑马紧追,却一直没有追上,嘴里不停喊着鼓励的话。继续狂奔:穿过公园冲上第五大道,马儿在正午的车流中横冲直撞,出租车、巴士紧急刹车,发出刺耳的声音。我们飞速跑过了杜克宅邸、弗里克博物馆,跑过了皮埃尔酒店和广场大酒店。但是霍莉渐渐追了上来。此外,一名骑警也加入了这场追逐:他们一左一右从侧面包抄我那匹狂奔的母马,他们的马用一个钳制的动作逼迫我那匹马停了下来,喘着粗气。这时,我终于从马背上摔了下来。摔下来后,我爬起来,站在那里,完全不清楚自己身在何处。人群聚集起来,警察气喘吁吁地在一个小本子上记录。后来他非常同情地对我咧嘴笑了一下,说他会安排把我们的马送回马厩。

霍莉把我塞进一辆出租车。"亲爱的。你感觉怎么样?"

"挺好的。"

"但你根本没有脉搏。"她摸着我的手腕说。

"那我一定是死了。"

"才没有,你这个白痴。这可不能开玩笑。看着我。"

问题是,我看不清她。眼前倒是有好几个霍莉,三张因为担心而大汗淋漓、苍白的脸,这让我既感动又难堪。"说实话。我没感到有什么不对劲。只是有点难为情。"

"真的吗?拜托你,跟我说实话。你差点就死了。"

"可是我没死。还得谢谢你,救了我的命。你真了不起,独一无二。我爱你。"

"该死的傻瓜。"她亲吻了我的脸颊。然后,我看见她变成了四个,然后我就晕了过去。

那天晚上,霍莉的照片登上了《美国日报》晚间版、《每日新闻报》和《每日镜报》早间版的头版。不过,这次报道与失控狂奔的马匹无关,就像那几个头条标题所写的那样:"花花女郎因毒品丑闻被捕"(《美国日报》)、"抓捕毒品走私女演员"(《每日新闻报》)、"贩毒集团被破,魅力女星落网"(《每日镜报》)。

其中,《每日新闻报》刊登的照片最引人注目:霍莉被夹在一男一女两名强壮的侦探中间,走进警察局。在这种狼狈不堪的背景下,即便是她的穿着(她穿的仍然是骑马时的装扮,风衣和蓝色牛仔裤)也给人一种黑帮女头目的感觉:戴着墨镜,发型凌乱,愠怒的嘴角还叼着根不曾点燃的皮凯尤香烟,这更加深了这种印象。新闻是这样写的:

> 二十岁的霍莉·戈莱特利,美丽的电影新星,社交界名媛,被地方检察官指控为国际毒品走私团伙的关键人物,该团伙与黑帮头目萨尔瓦多·托马托(人

称"萨利")有关。图为侦探帕特里克·康纳(左)和希拉·费佐妮(右)将她押送进六十七街警察分局。详见第三版报道。

这篇报道足足占了三栏,还登载了一张奥利弗·奥肖内西(人称"神父")的照片(他用一顶宽边帽遮住了脸)。以下是经过摘选的相关段落:

> 今日,漂亮的霍莉·戈莱特利小姐被捕的消息震惊社交圈的各位名流。这位二十岁的电影新星活跃于纽约。同时,下午两点,居住于西区四十九街五十二号希波德酒店的奥利弗·奥肖内西在离开麦迪逊大道的汉堡天堂时,被警方逮捕归案。地区检察官弗兰克·L.多诺万声称,二人均是一国际毒品犯罪团伙中的重要人物,该团伙由臭名昭著的黑手党头目萨尔瓦多·托马托(人称"萨利")操纵,萨利本人目前因政治行贿罪在辛辛监狱服刑,刑期五年……奥肖内西,这名被褫夺神职的牧师,在犯罪集团内部被称为"神父"和"牧师",几次被捕,其犯罪记录可以追溯到一九三四年,当时他因在罗德岛经营一家名为"修道院"的虚假精神病院而被判入狱两年。戈莱特利小姐没有前科,她是在自己位于东区的高级公寓

中被捕的……尽管地方检察官办公室尚未发布正式声明，但据可靠消息称，这位金发美女影星不久前曾是亿万富翁拉瑟弗德·托勒的长期女伴，她在被捕入狱的托马托与其主要助手奥肖内西之间扮演"联络人"的角色……据说戈莱特利小姐假扮为托马托的亲属，每周前往辛辛监狱探监。访视期间，托马托会为其提供口头暗号，由她传达给奥肖内西。通过这一联系，托马托（据信，一八七四年出生于西西里岛的切法卢）仍然能够直接操控全球范围内的毒品走私网络，该网络的据点遍布墨西哥、古巴、西西里、丹吉尔、德黑兰和达喀尔。但是，地区检察官办公室拒绝为这些指控提供任何细节，也拒绝证实……当两名被告抵达六十七街警察分局时，已有大批得到线报的记者提前在此守候。奥肖内西，这个身材魁梧的红发男子，拒绝发表任何评论，还踹了一名摄影记者的裆部。相比之下，戈莱特利小姐——即使身穿长裤和皮夹克，打扮成假小子的模样，也掩盖不住她脆弱动人的美丽——看上去满不在乎。"别问我这到底怎么回事，"她如此回应记者。"Parce-que Je ne sais pas, mes chères.（因为我不知道，亲爱的们。）是的，我探视过萨利·托马托。以前我每周都去看他。这又有什么错呢？他信仰上帝，我也一样。"……

接下来，在"承认自己吸毒成瘾"的小标题下面写道：

> 当被记者问及她是否吸毒时，戈莱特利小姐微笑道："我偶尔吸食一点大麻，这造成的危害还不如白兰地的一半。还更便宜。可惜的是，我更喜欢白兰地。不，托马托先生从未对我提到过毒品。这些恶人一直在迫害他，这让我十分愤怒。他是个多愁善感、虔诚的信徒，是一位可爱的老人。"

这篇报道里有一个特别荒谬的错误：她并不是在她的"豪华公寓"中被捕的。实际上，那是在我自己的浴室中发生的。当时我正在装满热水的浴缸中泡澡，试图缓解骑马带来的酸痛，热水中还掺了泻盐。霍莉像个体贴的护士一样，坐在浴缸边，等着给我涂斯隆牌止痛搽剂，然后把我扶到床上休息。这时，前面传来一阵敲门声。由于门没有锁，霍莉大声喊"进来"。进来的是沙菲亚·斯班涅拉太太，身后还跟着两名便衣警探，其中一个是女的，头上盘着粗重的黄辫子。

"就是她！这个女通缉犯！"斯班涅拉太太边粗着嗓子喊，边闯进浴室，举起一根手指，先指向霍莉，然后指向裸体的我。"你们看，她就是个婊子。"男警探显得有些尴尬，不知道是因为斯班涅拉太太还是因为当下的情景；而他的女同事脸上却带着幸灾乐祸的恶意——她把一只手重重压在霍莉的肩膀上，用一种出奇稚嫩的声音说："走吧，姐妹。你要到好地方去了。"霍莉不慌不忙地回她："把你那双摘棉花的手从我身上拿开，你这个可怜的、胡言乱语的老同性恋。"这话明显激怒了女警探，她狠狠扇了霍莉一巴掌，力道让霍莉的头猛地一歪，手中那瓶止痛搽剂也甩飞了，在瓷砖地上摔得粉碎。我慌忙跳出浴缸，结果踩在了碎片上，让场面更加混乱。碎片几乎割断了我的两个大脚趾。浑身赤裸、流着血的我一路追到了走廊，留下了一行血脚印。"别忘了，"霍莉被警探押下楼时叮嘱我，"请帮我喂猫。"

我当然认为是斯班涅拉太太惹的祸：她已经好几次打电话给行政部门投诉霍莉。直到那天晚上乔·贝尔挥舞着报纸出现在我家以前，我都没想过事情会变得如此严重。乔·贝尔急得语无伦次。我读那些报道的时候，他在屋里来回踱步，还不断撞拳。

他终于开口："你觉得是真的吗？她真的掺和到这种勾当里去了吗？"

"嗯，是的。"

他往嘴里塞了一粒抗胃酸片，一边咀嚼一边死死盯着我,好像嚼碎的是我的骨头。"小伙子,这糟透了。亏你还说是她朋友。你就是个混蛋!"

"等一下。我并不是说她是故意的。"我辩解道,"她可能并不知情,但无意中帮了忙——给他们传递了一些信息什么的。"

他说:"你倒是很冷静。上帝啊,她可能会被判十年,甚至更久。"他一把抢过我手中的报纸,愤愤地说:"你认识她那些朋友,那些非富即贵的家伙。下楼来我的酒吧吧,我们要开始挨个打电话问问看。咱们的姑娘需要一个精明的律师,我恐怕付不起钱。"

我疼得全身发抖,连衣服都穿不上,乔·贝尔只得搭把手。回到他的酒吧,他把我安置在电话间,给了我一杯三倍浓度的马提尼和一个装满硬币的白兰地酒杯。但我却不知道该打给谁。何塞在华盛顿,而我根本不知道该如何联络他。拉斯蒂·托勒?绝对不可能是那个混蛋!可问题是,我还认识她的其他朋友吗?或许她当时没说错,她没有朋友,真的没有。

我拨通了比弗利山庄克里斯由 5-6958 这个号码,这是长途电话问询处给我的 O.J. 伯曼的电话。接电话的人告诉我伯曼先生正在做按摩,不能被打扰:"对不起,请稍后再打来。"乔·贝尔对此非常愤怒——告诉我我应该说这是生死攸关的大事。而且他坚持让我给拉斯蒂打过去碰碰运气。于是，我先和托勒先生的管家说上了话——他宣称，托勒先生和托勒太太正在用晚餐，能否由他来代为转达？乔·贝尔冲着听筒大喊："这是急事，先生。有关人命的事！"结果是，我发现自己在和昔日的麦格·怀尔伍德对话，更准确地说，是听她讲话："你们疯了吗？"她质问道，"要是谁敢把我们的名字和那个令人作——作——作呕的道——道——道德败坏的女人联系到一起，我的丈夫和我本人绝对会起诉他。我一直就知道她是个吸——吸——吸毒的贱人，不比发情的母狗更有道德。监狱才是她应该去的地方。而我的丈夫也百分之一千同意。我们一定会起诉任何——"挂断电话，我想起了远在得克萨斯图利普山区的老多克。但是不行，霍莉绝对不希望我给他打电话，她一定会要了我的命。

我又打去加利福尼亚那边；线路繁忙，一直占线。等到接通 O.J. 伯曼时，我已经喝了太多马提尼，不得不由他告诉我打电话的原因："是关于那姑娘的事情，对吗？我已经知道了。我已经和伊吉·菲特尔斯坦打了招呼。明白吗？伊吉是纽约最好的律师。我跟他说，'伊吉你来处理好这事，把账单寄给我，只是别提我的名字。'好吧，我欠这姑娘的，不是说我真的欠她什么，你要知道，她是个疯子，是个骗子。但是是个真正的骗子，你懂吗？不管怎么说，他们只要她付一万美元的保释金。别担心了，伊吉今天晚上就能把她弄出来——她现在已经到家了我也不会吃惊。"

但是她当晚并没有回来。第二天早晨我下楼去给她喂猫的时候,她依然没有回来。由于没有她公寓的钥匙,于是我爬上防火梯,从窗户进到她家里。她的猫在卧室里,而且还有一个男人也在那里,正蹲在一个手提箱旁。我从窗户爬进来时,我们都以为对方是小偷,互相尴尬地对视着。他的脸长得很漂亮,头发上打了发胶,长相酷似何塞。除此之外,他正在打包的行李箱里装着何塞留在霍莉那里的衣物——霍莉精心打理鞋子和西装,经常把它们拿去修补和干洗。我笃定地说:"是伊巴拉－加耶尔先生派你来的?"

"我是他的表弟。"他警惕地咧嘴笑道,口音勉强能听清。

"何塞在哪里?"

他重复了一遍我的问题,似乎是在把它翻译成另一种语言。"啊,她在哪里!她在哭泣。"他说完,似乎不再理会我,继续忙着他的贴身男仆工作。

原来如此:这位外交官是打算溜走了。好吧,我并不惊讶,也没有丝毫遗憾。但即便如此,这也太让人心碎了:"他真该被用马鞭狠狠教训一顿。"

表弟咯咯笑了起来,我确信他理解了我的意思。他合上行李箱,拿出一封信。"表哥让我把这封信交给他的室友。你可以帮忙吗?"

信封上潦草地写道:致 H.戈莱特利小姐——敬请转交。

我在霍莉的床上坐下,把她的猫紧紧搂在怀里,心中为霍莉感到无比难过,几乎如同她自己能感受的那般深切。

"好的,我会转交。"

然后我照做了,尽管我一点也不情愿。但是当霍莉小心翼翼地询问我是否有何塞的消息时,我没有勇气毁掉这封信,也没有毅力把它留在口袋里。那是两天后的早晨,我正坐在她的病床旁,房间里充斥着碘酒和便盆的气味——那是一间医院病房。自从她被捕的那个晚上起,她就一直在这里。"你好,亲爱的,"当我拿着一盒皮凯尤香烟和一束初秋的紫罗兰蹑手蹑脚地走向她时,她对我打招呼说,"我的继承人没了。"她看起来还不到十二岁,淡金色的头发梳在脑后,眼睛如同雨水一样清澈——那双不再戴墨镜的眼睛让人难以相信她病得如此严重。

然而,确实如此:"天哪,我差点就死了。没开玩笑,那个肥婆差点要了我的命。她吵吵嚷嚷说个不停。我想我还没把那个肥婆的事情告诉你。因为我是直到我哥哥死后才知道她这个人的。我当时就在想,弗雷德死了,他去哪里了,这意味着什么。然后我看见了她,她就在房间里和我一起,怀里抱着弗雷德,一个肥胖、凶恶的红发女人,坐在摇椅上,把弗雷德抱在膝上,她的笑声像是铜管乐队。这真是太可笑了!但这就是我们的未来,我的朋友:这个喜剧演员就在等给你带来一场讽刺表演。现在你明白我为什么会发疯、砸碎所有东西了吧?"

除了 O.J. 伯曼聘请的律师,我是唯一被允许探望她的人。病房里还有其他病人,三个长相相似的女士,她们对我充满好奇,目光没有恶意,但打量得非常仔细,用意大利语低声交谈,猜测着我的身份。霍莉解释道:"她们认为你是我堕落的原因,亲爱的。是那个害了我的家伙。"当我建议她直接向她们澄清时,霍莉回答:"不行。她们不会说英语。再说了,我也不想破坏她们的乐趣。"就是在那时,她问起了何塞。

在看到那封信时,她眯起眼睛,抿起嘴唇,勉强露出一个僵硬的微笑,这瞬间让她显得老了很多。"亲爱的,"她指挥我,"能帮我从那个抽屉里拿一下包吗?女孩不能没抹上口红就读这种信。"

她拿着一面小镜子,扑了粉,把她脸上一切十二岁的稚嫩痕迹都遮盖掉。她用一支口红勾勒嘴唇,用另一支给脸颊上色。她用眼线笔勾画眼眶,涂上蓝色眼影,在脖颈处喷了点 4711[①],戴上珍珠耳环和墨镜。全副武装后,她

[①] 一款经典古龙香水。

不满地审视了一番自己疏于打理的指甲,然后撕开了信封,迅速浏览了一遍信的内容,嘴角生硬的微笑变得更加勉强。最后,她要了一支皮凯尤香烟,吸了一口说:"味道没品,但是感觉好极了。"她把信丢给我,说:"也许这将来对你会有点用处——如果你哪天想要写一部混蛋情史。别自己独享,读出来吧。我也想听听。"

信的开头写道:我最最亲爱的小姑娘——

霍莉立刻打断了我,问我对字迹有什么评价。我没觉得怎么样,只觉得字迹紧凑,清晰易读,没有任何书写怪癖。"这就是他,死板又无聊。"她说,"继续念。"

  我最亲爱的小姑娘,我明知你和他人不同,但我爱你。但是请想象一下,当我以如此残酷且公开的方式发现,你与一个像我这样拥有如此信仰和事业的男人所希望娶的妻子有多么不同时,我的绝望。我真切地为你目前的处境感到悲伤,并且我心里不愿意在你所遭受的压力之上,再对你横加谴责。所以我希望你心里也不要谴责我。我有自己的家庭和自己的名声需要保护,在这些俗事面前,我是个懦夫。忘了我吧,美丽的姑娘。我已经不在这里了。我已经回家。但是愿上帝永远与你和你的孩子同在。愿上帝不像——何塞。

"怎么样？"

"某种程度上讲，这封信写得倒是真诚，甚至还有点感人。"

"感人？就是一通拐弯抹角的无聊胡扯！"

"不过毕竟，他说了他是个懦夫；并且从他的角度来看，你必须明白——"

但是，霍莉并不想承认她明白。尽管化了妆，她的脸还是坦白了一切。"好吧，说他是个负心汉不是没有理由的。他和拉斯蒂一样，是个超级金刚型，像个大猩猩一样的叛徒。本尼·沙克利特也是。但是，噢见鬼，天哪见鬼了，"她说着，把拳头堵在嘴里，像个嚎啕大哭的婴儿，"我确实爱过他。那个老鼠一样的混蛋。"

同屋的三位意大利女士幻想出了一出爱人之间的危机，将霍莉的呜咽归咎于我，啧啧地表示对我的谴责。我感到荣幸：为有人觉得霍莉在乎我而感到自豪。我递给她另外一支烟时，她平静下来。她吸了口烟说："谢谢你，臭小子。也谢谢你骑术这么差。要不是我非得当这个灾星简[①]，现在我就得在未婚妈妈之家盼着这个孩子出生了。剧烈的运动让我振作。但是我让整个警局的人都吓出了

[①] 玛莎·简·坎纳里（Martha Jane Canary），美国女拓荒者，绰号"灾星简"（Calamity Jane）。

merde[①]，因为我说是因为那个同性恋小姐扇了我耳光。是的，先生，我可以因好几个罪名起诉他们了，包括错误逮捕。"

直到那时，我们一直都对她那些阴暗的困扰避之不谈，而这句指责警方的俏皮话听起来让人感到震惊、悲哀，显然显示出她没有真正认识到眼前的严峻现实。"好了，霍莉。"我说的时候心想：要坚强、成熟，像个长辈一样。"好了，霍莉。我们不能把这当成闹着玩一样。我们必须得想办法。"

"你还太年轻，没办法假装古板。你太小了。再说，这和你有什么关系。"

"没有。但你是我的朋友，我担心你。我想知道你打算怎么办。"

她擦了擦鼻子，集中注意力看起了天花板。"今天是星期三，对吧？所以，我想我会一直睡到星期六，好好睡一觉。星期六早上，我就溜出去去一趟银行。然后，我会顺道回公寓，拿上一两件睡衣，还有我的梅恩博彻时装。之后，我会去艾德威尔德机场。你已经知道了，我已经在一架完美的飞机上预订了一张完美的机票。既然你是我这么好的朋友，我允许你向我挥手道别。拜托别再摇头了。"

"霍莉，霍莉。你不能这么做。"

---

① 法语，意为"屎"。

"Et pourquoi pas？①我又不是去追何塞——如果你是这么想的话。根据我的调查,他绝对是林波维利人。我只是觉得:为什么要浪费这么一张这么好的机票呢?已经付了钱的机票?再说,我还从来没去过巴西呢。"

"我想知道他们到底在这里给你喂了什么药?难道你不知道吗,你被刑事起诉了。如果他们抓到你在保释期间逃走,你这辈子都别想再出来。就算你逃走了,你也永远回不了家。"

"好吧,那也太糟了吧。不过,觉得自在的地方才是家。我还在找呢。"

"不,霍莉,这么做太傻了。你是无辜的。你必须坚持到底。"

她说:"好啊,我们的队伍,加油。"然后对着我吐出一口烟。不过她还是被我说服了。她的眼睛和我的一样,因为不幸的前景而瞪大:铁窗牢房,大门缓缓关闭的铁走廊。"噢,去他妈的,"说着,她掐灭了手里的香烟,"我很有把握,他们抓不到我。只要你能保证闭嘴。听我说,别看不起我,亲爱的。"她突然把手放在我的手上,用极大的诚意紧紧地握住。"我没有太多选择。我和律师谈过了:噢,我没有跟他说过任何关于里约的事情——不然他宁愿自己举报给警察,也不想因保守秘密而拿不到律师费。更

---

① 法语,"为什么不呢?"

别说O.J.为了保释而付的一大笔钱了。上帝祝福O.J.的善心。不过有一次在西海岸，我在一场扑克牌局上帮他赢了一万美元呢：我们两清了。不，关键问题在这里：所有的警察只想从我这里免费揩两把油，还想让我出庭作为证人指证萨利——没人真的打算起诉我，他们根本没什么案子可立。好吧，我可能是烂透了，但是，我绝对不会出庭作证去控告一个朋友。即使他们能证明他给肯尼修女下了药，我也不会这么做。我的行事准则是别人对我的态度，而老萨利，就算他对我并不完全坦诚，也利用了我，但萨利还是个不错的人。我宁可让那个胖女人把我抓走，也不愿意帮助警察去给他判刑。"霍莉把小镜子斜着举到她的脸上方，用勾起的小指把口红抹匀，她说："而且说实话，这还不是全部。曝光过多会让我的脸没法儿再见人。即便陪审团给我颁发紫心勋章，我在这地方也待不下去了：他们会从拉鲁酒吧一路拉起绳子一直到佩罗娜酒吧烧烤餐厅——相信我，我在这里会像弗兰克·E.坎贝尔先生[①]一样被嫌弃。如果你靠着我那种方式生活，亲爱的，你就会理解我描述的这种破产处境是怎么回事了。嗯，我不喜欢就这样淡出人们的视线，在罗兹兰德和一群西区乡巴佬鬼混，而她，高贵的托勒夫人却扭着屁股风风光光出入蒂凡尼。我可受不了。我宁愿随时跟那个肥婆走。"

---

① 指代一家丧葬公司，这里为反语。

一名护士轻手轻脚地走进房间,告诉我们探视时间已经结束。霍莉刚开始抱怨,就被在嘴里塞进一支温度计给打断了。不过,在我准备离开时,她把温度计拔出来说:"帮我个忙,亲爱的。打电话给《时代》杂志,或者随便什么地方,拿到巴西最富有的五十人的名单。我不是在开玩笑。最富有的五十人:不管什么种族或肤色。另外还有一个小忙——在我公寓里翻翻,找到你送我的那枚纪念章,就是圣徒克里斯托弗纪念章。我在路上需要它。"

星期五晚上,天空泛红,雷声轰鸣。而星期六,也就是霍莉出发那一天,整座城市在一场倾盆大雨中飘摇。鲨鱼都可以从空中游过,但飞机似乎不太可能穿越这样的天空。

但是霍莉无视了我的乐观判断,继续她的准备工作——我必须说,她把准备工作最主要的重担都放在我身上了。因为她明智地决定尽量不靠近那幢褐砂石楼房。这也有道理:这里正在被监视,是警方、记者还是其他感兴趣的人我们无从得知——总之,有时是一个人,有时是几个,在门口徘徊。所以她从医院去了银行,然后就直接去了乔·贝尔的酒吧。"她认为自己没有被跟踪。"乔·贝尔带着霍莉的口信来找我时告诉我。他说霍莉希望我尽快去见她,最多半小时,带上:"她的首饰、吉他、牙刷什么的,还有一瓶百年白兰地：她说你会在脏衣篓底部找到。对了，还有那只猫，她想要那只猫。但是该死，"他说，"我根本不知道我们该不该帮她。我们应该保护她，免得她把自己给害了。我嘛，我觉得应该报告给警察。如果我回去给她调些酒，也许能让她喝醉然后叫停这一切。"

我跌跌撞撞、一步一滑地在霍莉和我公寓之间的防火梯爬上爬下，气喘吁吁，风吹得我刺骨地冷（猫爪也抓得我满身是伤，因为在这种恶劣的天气中，霍莉的猫似乎并不赞同这次撤退），我还是干净利落地整理好了她的出逃行囊。我甚至找到了圣徒克里斯托弗纪念章。所有东西都堆在我房间的地上，像金字塔一样，有内衣、舞鞋和一些其他漂亮东西，我把这些都打包在了霍莉唯一的行李箱里。剩下一堆的东西我不得不装进购物纸袋里。我不知道怎么带上那只猫，后来我想到把它塞进一个枕套里。

不要问我为什么，有一次我从新奥尔良到密西西比的南希渡口，走了将近五百英里的路程。但是比起到乔·贝尔酒吧的这段路，那次行程轻松得像在玩闹。吉他被雨淋湿，雨水还浸湿了纸袋，纸袋里的香水洒在了人行道上，珍珠滚进了排水沟：狂风推我前进，猫也抓挠着尖叫——更糟糕的是，我害怕了，我成了一个懦夫，和何塞一样：狂风暴雨肆虐的街道上似乎挤满了看不见的人，等待我落入陷阱，因我协助一个罪犯逃脱而送我进监狱。

那个罪犯说:"你来晚了,臭小子。你把白兰地带来了吗?"

那只猫被放出来了,跳到她的肩膀上蹲下。它的尾巴像一根指挥一场狂想曲的指挥棒那样摇摆。霍莉似乎也被这旋律所感染,在享受一曲轻快的送行曲。她拧开白兰地,说:"这瓶酒本来是想放在我的嫁妆箱里。本来是想在每个周年纪念日的时候,都喝上一杯。感谢上帝,我还没有买那个箱子。贝尔先生,拿三个酒杯。"

"你只需要两个杯子,"他告诉她,"我可不会为你干的蠢事干杯。"

她越是劝他("啊,贝尔先生。不是每天都有姑娘出走的。你不想为她干杯吗?"),他越是粗鲁:"我不会参与的。如果你要下地狱,你就自己去。别指望我帮忙。"这番宣言并不准确:因为几秒钟后,外面就驶来一辆有司机的豪华轿车,霍莉是第一个注意到的人,她放下了手里的白兰地,挑起眉毛,仿佛是在等着地区检察官下车。我也是。当我看见乔·贝尔脸红时,我不由得想:天哪,他真的叫了警察。不过随后,他顶着通红的双耳,宣布:"没什么。就是凯里公司的一辆凯迪拉克。我雇的车,送你去机场。"

他转过身背对着我们,拨弄着他插的花。霍莉说:"你人真好,亲爱的贝尔先生。请看着我,先生。"

他不肯。他从花瓶里抽出那些花,扔到她身上,结果没有扔中,散落一地。"再见。"他说。然后像要去呕吐似的,匆匆地跑进男厕所。我们听见门锁上了。

凯里公司的司机是个见多识广的家伙,他非常礼貌地接过我们随意打包的行李,这辆豪华轿车在渐弱的雨势中前行,向上城驶去时,他始终面无表情。霍莉脱掉了那身骑马装,然后努力套上她一直没有机会换的一条修身小黑裙。我们没有交谈:交谈只会带来争吵;而且,霍莉看上去有自己的事情,没有工夫闲聊。她自顾自哼着歌,大口喝着白兰地,不时俯身向窗外探头看,仿佛在寻找一个地址——或者,我认为,是在看最后一眼,捕捉那些她想要记住的景象。结果都不是。"在这里停下。"她命令司机,我们停在了西班牙哈莱姆一带的一条街的路边。这个地段野蛮、花哨、阴沉,到处贴满了影星和圣母玛利亚的海报。人行道上果皮和揉烂的报纸被风卷起,四处乱飞。尽管雨已经停了,天空中也露出了蓝色,但是大风仍然呼啸。

霍莉走下车,带着那只猫。她把它抱在怀里,轻轻挠着它的脑袋问:"你觉得怎么样?这地方应该很适合你这样的硬汉。垃圾桶,遍地的老鼠,还有那么多流浪猫可以结伴。所以,走吧。"她说着,把猫放下。但是它并没有走开,而是抬起那张恶棍一样的脸,用黄色的海盗眼睛质问她,她狠狠跺了跺脚:"我说了走开!"猫在她腿边磨蹭着。她大声喊道:"我说滚开!"然后跳回车里,砰一声关上门,对司机说:"走。"她重复着:"走。快走。"

我愣住了。"好吧!你,你就是。你就是个婊子!"

我们开出了一个街区后她才回答我:"我告诉过你。我们只是有一天在河边遇上了:就这样。我们都是独立的个体。我们从来没有给彼此任何承诺。我们从来没有——"她说到这里,声音突然崩溃,抽搐了一下,脸色苍白。车子停下来等待红绿灯。然后她打开车门,朝街上跑去,我跟在身后追她。

但是猫已经不在被丢下的那个地方了。街上空无一人,只有一个撒尿的醉汉,以及两个黑人修女护送着一队唱着甜美歌曲的孩子。其他孩子从门口探出头,还有女人们从窗框里探出身来,看着霍莉在这个街区来回奔跑,嘴里反复喊着:"你。猫咪。你在哪里?到我这里来,猫咪!"她一直这样叫着,直到一个皮肤粗糙的男孩走上前,提着一只老公猫的后脖颈:"你要不要这只好猫,小姐?只要一美元。"

那辆豪华轿车跟着我们过来了。现在,霍莉任由我领着她往车那边走去。到了车门,她犹豫了一下,望向我身后那个还在推销自己猫的小男孩("半美元。二十五美分,要不要?二十五美分,不多"),然后她打了个哆嗦,紧紧抓住我的手臂才勉强站稳:"噢,上帝。我们本来就是属于彼此的。它是我的。"

我向她承诺,说我会回来找到她的猫:"我也会照顾它的。我保证。"

她笑了笑,是一个毫无生气的微笑。"那我呢?"她轻声说,然后又颤抖起来。"我很害怕,臭小子。是的,终于开始害怕。因为这可能会永远持续下去。在你把它丢掉之前,你根本不知道什么东西才是属于你的。那些讨厌的'心里发慌'的情绪,那不算什么。那个胖女人,也不算什么。但是这个:我的嘴巴这么干,如果我的生命全靠它,那么我连吐口水都做不到。"她上了车,坐下。"对不起,司机。我们走吧。"

"托马托的少女失踪",以及,"贩毒案女演员据信为黑帮受害者"。然而不久后,媒体又报道:"出逃花花女郎在里约现身。"显然,美国当局并没有意愿找回她,之后这个事情逐渐淡出视线,只偶尔在八卦专栏中被提及;作为新闻故事,只有一次被重提:在圣诞节那天,萨利·托马托因心脏病发在辛辛监狱死亡。几个月过去了,漫长的冬季,霍莉仍然杳无音信。这幢褐砂石楼房的房东变卖了她留下的物品:那张白色缎面大床、那幅挂毯、她珍藏的哥特风椅子。一名新租户搬进了公寓,他叫昆顿斯·史密斯,和霍莉一样,他也招待许多喧闹的绅士来访——不过这次斯班涅拉太太并没有意见，事实上，她十分疼爱这个年轻小伙子，每次他眼睛青肿的时候都给他提供菲力牛排冷敷。但是到了春天，一张明信片寄来，上面用铅笔潦草书写了些东西，落款是一个口红之吻：巴西糟透了。但是布宜诺斯艾利斯棒极了。不像蒂凡尼那样，但也差不多。与一位 Senor[①] 形影不离。爱情？我想是吧。反正在找个地方住（Senor 有妻子和七个孩子），等我自己知道地址后会告诉你。爱你。但那个地址，即使真的存在，也从没有被寄来，这让我感到难过，因为我有太多话想告诉她：我已经卖出两篇故事；在报上得知托勒夫妇在相互起诉离婚；我打算搬出那幢褐砂石楼房，因为那里闹鬼。但我最想告诉她的是那只猫的事。我履行了我的诺言，找到了它。我好几个星期下班后在西班牙哈莱姆街区游荡，中间有许多次误认——好几次虎斑花纹一闪而过，但仔细查看后发现并不是那只猫。但是有一天，一个寒冷而阳光明媚的星期天下午，我终于找到了它。它坐在一个看起来十分温暖的房间的窗台上，两侧摆放着盆栽植物，干净的蕾丝花边窗帘框住了它。我想知道它现在叫什么名字，因为我确信它现在已经有了名字，确信它找到了属于自己的地方。无论是非洲的小屋还是什么别的地方，我希望霍莉也是一样。

[①] 西班牙语，意为"先生"。

夏日十字路口

朱子仪 译

一

"亲爱的,你真让人捉摸不透。"格蕾迪的母亲说。格蕾迪坐在桌子对面迁就地笑笑。她透过摆在桌子中央的玫瑰花和羊齿叶注视着对方,心想:不错,我确实让人摸不透。这样想使她很快活。可比她大八岁、已婚的阿普尔说话却直截了当:"格蕾迪只是在犯傻。我真希望能跟你们一起去。妈妈,想象一下,下星期的这个时候你们就要在巴黎吃早餐了!乔治老是许诺我们也会去……什么时候就不知道了。"她停下来看看妹妹:"格蕾迪,你到底为什么要在死气沉沉的夏天留在纽约?"格蕾迪希望她们别管她的事,也别再唠叨了。这个早晨船就要起航了,再说这些又有什么用呢?很快就要真相大白了,她不想原原本本把什么都说出来。"我从未在这里度过夏天。"她说。为了回避她们的目光,她的眼睛转向窗外:令人眼花缭乱的交通状况加深了六月早晨中央公园的宁静,初夏强烈的阳光,烤干了春天翠绿的表皮,穿透广场饭店①前面的树丛。格蕾迪一家正在广场饭店里用早餐。"我这人死脑筋不听劝,你们请自便吧,不必管我。"她微笑着想也许不该这么说,家里人虽然还没有认定她是死脑筋,却也差不多这么认为了。她一到十四岁,就具备了一种可怕的敏锐洞察力,意识到母亲的爱并非出于对自己真正的喜欢。她先是以为原因在于母亲认为她长得不如姐姐阿普尔好看,也不像姐姐那么活泼,却比姐姐倔强,可后来事态的发展不免令阿普尔痛心。格蕾迪的美貌显而易见超过了姐姐,她就不必再去估量母亲对她怎么看了。真实的原因(格蕾迪自己最终也看出来了)只不过是她不自觉地对母亲怀有敌意,她从未真正喜欢过母亲,甚至还是小孩子的时候就已经如此。不过母女双方都极少在态度上表现出来。实际上,她们谨慎地用亲情装饰彼此的敌对空间。此时麦克尼尔夫人就在表现这种亲情,她一边把女儿的手拢在自己的手里,一边说:"宝贝,我们会为你担心的。我们不可能不担心。我不知道,我不知道。我不敢肯定你这样是否安全。十七岁可不大呀,以前你从没有真正一个人待过。"

---

① 位于纽约中央公园以南,纽约上流社会活动的舞台。

麦克尼尔先生说话的声音就像是玩扑克时叫牌，不过他很少加入家人的谈话，一是因为他妻子不喜欢被人打断，二是因为他总是显得很疲倦的样子。此时他将雪茄在咖啡杯里浸了浸，这个动作引得阿普尔和麦克尼尔夫人一阵哆嗦。他说："我十八岁的时候，已经离家在加利福尼亚待了三年了。那也没什么嘛。"

"可拉蒙特……你毕竟是一个男人呀。"

"有什么不同吗？"他嘟囔道，"一段时间以来，男人和女人之间已经没有什么不同了。你自己也说过的。"

冒出这么个不和谐音令麦克尼尔夫人不快，她不由清了清喉咙："拉蒙特，离开这里我还是很不放心——"

格蕾迪的内心发出难以抑制的大笑，一种快乐的悸动使得明晃晃的夏日伸展在她面前，就像一卷展开的空白画布，她可以在上面自由挥洒，画出最初粗野纯净的几笔。另外，她这样板着脸笑也是因为他们竟然没有一点疑心。银餐具上颤抖的光线似乎顿时助长了她的兴奋，同时闪烁着向她发出警示信号：亲爱的，要小心啊。但又有别的东西在说：格蕾迪，自豪吧，你个儿高，所以让你的旌旗高高地迎风飘扬吧。什么东西在对她这么说？是玫瑰花？她曾在什么书里读到，玫瑰花说它们是智慧之心。她再次往窗外看，内心的笑失控地流淌出来，在嘴唇上泛滥成灾：对格蕾迪·麦克尼尔和会说话的玫瑰花来说，这是阳光拍打出火花的日子啊!

"格蕾迪,妈妈的话让你觉得这么可笑吗?"阿普尔的声音显露出不快,虽然只有一句,却包含人们对坏心眼孩子的一大通责备,"妈妈问你一个简单的问题,你却笑了起来,好像把她当傻子看。"

"格蕾迪当然不会把我当傻子看。"麦克尼尔夫人虽然嘴里这么说,不坚定的语调却显露了她的怀疑。此时,她将蛛网般的帽纱拉下来罩住了脸,从纱网里隐约透出迷惑的目光。每当觉得格蕾迪对自己显出轻蔑时,她总在迷惑中感到一种刺痛。她们之间最好只有再浅显不过的交流:没有真正的同情,她知道;此外,格蕾迪会用她的冷淡暗示她觉得长辈令人无法忍受。这种时候麦克尼尔夫人的手就会发抖。有一次,不过那是许多年以前的事情了,当时格蕾迪还是一副男孩模样,头发剪得很短,膝盖脏兮兮的,她那不知体谅别人的冷漠激怒了麦克尼尔夫人。可想而知,麦克尼尔夫人当时正处于女人一生中最难熬的时期,她控制不住自己的手,狠狠地揍了女儿一顿。以后每当感觉到类似的冲动时,她都得把双手放在什么牢靠的东西上面,克制自己。因为在她失控的那一次,格蕾迪那双总在审视别人的像两小片海似的绿眼睛,盯着她上下打量,那目光穿透她内心,仿佛打开了一盏探照灯,照向她破损的虚荣之镜:她是个有缺陷的女人,那是她第一次体验到了跟意志力比自己强大的人打交道的滋味。"当然不会啦。"她说，眨巴着眼睛，假装幽默。

"对不起，"格蕾迪说，"你问了问题吗？我好像什么都没听见。"她想让她的话听起来不太像道歉，而是一种严肃的招认。

阿普尔又嚷开了："别人还真以为你恋爱了呢。"

格蕾迪心怦怦跳，感到了危险。银餐具发出剧烈的震颤，她本来在轻轻挤一圆片柠檬，听了阿普尔的话，她的手指停住了。她迅速瞥了姐姐一眼，想从姐姐的眼睛里看出她是否不那么傻气，是否精明过人。得到令她满意的答案后，她将柠檬汁挤进茶里，随后听见母亲在说话："亲爱的，礼服是个问题。我想也可以在巴黎定做，找迪奥或法特这样的设计师。从长远考虑这样甚至可以少花点钱。浅浅的叶绿色是再好不过了，特别配你的肤色和头发。不过我得说，希望你别把头发剪得这么短：这显得不得体，而且没有女人味。可惜啊，初入社交界的少女不该穿绿色。现在我想到了白色的波纹绸——"

格蕾迪皱了皱眉头，打断了她："要是舞会礼服，我可不想要。我不想要什么舞会，我不想去参加任何舞会，这类事情我都不想要。我可不想去出丑。"

在麦克尼尔夫人的诸多烦恼中，这是最令她受不了的。她颤抖了，仿佛什么异常的震颤使广场饭店餐厅这完

113

美、稳固的领地摇晃起来。她想说：我也不想出丑。为了今年格蕾迪初入社交界的仪式，她已经做了大量的精心准备。她调动一切可以调动的资源，还考虑过雇一个秘书。她甚至可以自以为是地这样说：她的整个社交生活，一次次乏味的午餐会和讨厌的茶会（她会这样描述它们），她忍受这一切都是为了让自己的女儿们将来在舞会上耀眼登场。露西·麦克尼尔本人在社交界初次登场就很引人注目，很煽情。她祖母是相当知名的新奥尔良美女，嫁给了南卡罗来纳州参议员拉特罗塔。一九二〇年四月，祖母让露西和两个妹妹在查尔斯顿的一次山茶花舞会上一同亮相。这确实是她们初次登场，因为拉特罗塔家的这三个女孩还是学生，此前她们的社交经历不过是去教堂做做礼拜。强烈的渴求使露西整夜在舞场上旋转，然后好几天脚上都带着初次社交的青肿；强烈的渴求使她吻了州长的儿子，她的面颊在随后一个月里都带着懊悔的羞红，因为她的妹妹们——当时未婚，现在还是单身——声称接吻会怀上孩子。听完她泪汪汪的忏悔之后，祖母说："不会，接吻不会怀上孩子，但也不会造就淑女。"露西放了心，在那一年里继续享受成功的喜悦。说成功，是因为她的样子令人赏心悦目，她的谈吐备受称道：这是巨大的优势，如果你记得当时是社交淡季，年轻人聚会很难有什么激动人心的收获，只能在哈泽尔·维尔·纳姆兰德或林肯家的女孩们中间做出选择。后来在冬季的假日里，住在纽约的母亲娘家费尔蒙特一家，为露西在这个广场饭店举行了一场豪华舞会。尽管露西此时坐的地方离当时的舞会现场非常近，她也努力回忆当时的情景，但能记起的很少。只有满大厅的金色和白色，那天她戴着母亲的珍珠项链。哦，对了，她在舞会上遇见了拉蒙特·麦克尼尔，平平常常的一件事：她和他跳了一次舞，心里什么也没想。然而她母亲却对拉蒙特·麦克尼尔印象很深，因为尽管那时候他名气还不大，年龄不过二十八九岁，却已在华尔街有着越来越大的影响。因此他被看成是理想的丈夫人选，天使也许不会对他动心，但稍低社会阶层的淑女们却对他趋之若鹜。他应邀共进晚餐。露西的父亲邀请他去南卡罗来纳打野鸭。老祖母拉特罗塔夫人评价说：他有男子气概。有男子气概是她的择偶标准，所以她无条件赞成。过了几个月，拉蒙特·麦克尼尔以那叫牌似的语调，用最柔情的颤音求婚了。露西此前只遇到过两次求婚，一次不可理喻，另一次是开玩笑。这次她说："啊，拉蒙特，我是世界上最幸福的女孩。"她十九岁时有了第一个孩子——阿普尔[①]，这么取名说起来挺好笑，只因为露西·麦克尼尔怀孩子的时候一桶接一桶地吃苹果。不过光临洗礼命名仪式的祖母认为这样取名太轻浮，令人震惊。她说，爵士乐和二十年代的风气冲昏

[①] 原文为 Apple，意为"苹果"。

了露西的头脑。然而，这次取名给这个长不大的女孩画上了最后一个快乐的感叹号。一年以后，她没能生下第二个孩子。这个她打算取名为格雷迪的男婴流产了。"格雷迪"这个名字是为了纪念她在战争中丧命的弟弟。好长时间她都闭门不出。拉蒙特雇了一艘游艇，两人乘着它在地中海巡航。每到一个风景如画的港口，从圣特鲁佩斯到陶尔米纳，船员都从岸上哄骗来一帮当地男孩，参加她在船上举办的冰激凌茶话会。每次她都痛哭流涕，令那些男孩面面相觑。可就在他们返回美国的航程中，这层泪水的迷雾突然间被拨开了。她注意到了红十字会和哈莱姆[1]，这两方面都成了她努力的方向。她对三一教会、世界主义者和共和党都产生了职业兴趣。没有她不倡导的，没有她不捐助的，没有她不支持的。有人说她可敬可佩，还有人说她勇气可嘉，少数人则鄙视她。然而就是这些少数人形成了顽固的小集团，年复一年，他们联合起来的力量扼杀了她十来个雄心勃勃的心愿。露西在等待机会，她在等待阿普尔长大：在她的亲手操办下，她女儿在社交界的耀眼登场将是对她的敌人强有力的报复。可随后她感觉自己被愚弄了，因为又一场战争打响了。初次登场表演这样的低劣趣味在战争期间未免显得不合时宜，于是她只好放弃这种努力，改向英国捐赠一辆救护车。而现在，格雷迪也想来愚弄她！她

---

[1] 纽约市曼哈顿的黑人聚居区，在中央公园以北，以贫穷和高犯罪率闻名。

的手在餐桌上颤抖，一会儿摸摸上衣的翻领，一会儿扯扯肉桂色的钻石胸针。真是太过分了，格蕾迪总是想愚弄她，仅仅因为她没有生下一个男孩。她非要给这个女孩取名格蕾迪不可，可怜的拉特罗塔夫人此时正处于她人生中遭人怨恨的晚年，她使足气力宣布露西脑子有毛病。可格蕾迪不可能是格雷迪，她并不是母亲想要的那个孩子。格蕾迪本人也不想让露西在这一点上称心如意。阿普尔以她相当活泼的表现，加上露西颇具时尚感的帮助，在社交界取得成功可以说是十拿九稳；而格蕾迪，不说别的，似乎不讨年轻人的喜欢，要取得成功还真有点悬。要是她本人拒绝合作，那就肯定失败。露西把自己的手套紧了紧，说："格蕾迪·麦克尼尔，初入社交界的亮相肯定要有。你将穿上白色丝绸礼服，手持一束浅绿色兰花；这颜色可以和你眼睛的颜色、你的红头发相配。我们要请上次贝尔家为哈丽雅特请过的那支管弦乐队。现在我警告你，格蕾迪，假如你把事情搞糟了，我就再也不理你了。拉蒙特，你快点结账好吗？"

格蕾迪沉默了片刻。她知道身边的人并非像他们表面上显露的那样心平气和，他们又在等待她生出什么事端。这表明他们对她的观察是多么不准确，没有注意到她近来性情的变化。一个月以前，两个月以前，一旦感觉自尊受到了侵害，她就会冲出门去，发动她的车，踩着油门开到去港口的路上；她会找上彼得·贝尔，在公路边的某个酒馆里抚慰受伤的心；她会让他们为自己担心。但她现在感受到的却是真正的置身事外。她还在某种程度上怜悯起露西的雄心壮志来。那是离得很远的事情，得过了这个夏天。没有理由相信露西说的事情真会发生，什么白色丝绸礼服，什么贝尔家为哈丽雅特请过的管弦乐队。在麦克尼尔先生付账的时候，三个女人一起穿过餐厅，格蕾迪挽上露西的胳膊，以一种活泼的方式表现她的退让，主动在母亲的脸颊上轻轻一吻。这个动作立即产生了效果，她们又联合到了一起；她们是一家人。露西容光焕发起来，她的丈夫、她的女儿们，她为他们感到骄傲。尽管格蕾迪固执古怪，但别人爱怎么说就怎么说吧，她毕竟是个极好的孩子，是个真实的人。"宝贝，"露西说，"我会想你的。"

走在前面的阿普尔转过身来。"格蕾迪，今天早上你开车了吗？"

格蕾迪迟疑了一下，没有马上回答。最近阿普尔说的每一句话似乎都透着怀疑。真是的，何必管这个，她知道了又怎么样？不过格蕾迪还是不想让她知道。"我从格林威治乘的火车。"

"这么说，你把车留在家里了？"

"怎么啦？这有什么关系吗？"

"是没关系，不过，也有关系。你不必对我叫喊。我只是想让你开车载我去长岛①。我答应乔治在公寓那边停一停,去取他的百科全书。这东西太重了。我可不愿搬着它乘火车。我们到那儿足够早的话,你还可以游泳呢。"

"很抱歉,阿普尔。我的车进了修理厂。前几天我把它留在附近,因为速度表卡住不转了。我想现在已经修好了,不过其实我在城里有个约会。"

"哦?"阿普尔不快地问,"我可以问问跟谁吗?"

格蕾迪警觉起来,随口回答:"彼得·贝尔。"

"彼得·贝尔,我的老天,你干吗老去见他?他以为自己很聪明。"

"他是很聪明。"

"阿普尔,"露西说,"格蕾迪交什么朋友你不用管。彼得是个可爱的孩子,他母亲是我婚礼上的伴娘之一。拉蒙特,你还记得吗?她拿着花束。不过,彼得还在剑桥读书吗?"

就在这时,格蕾迪听到有人从前厅那边喊她的名字:"嘿,麦克尼尔!"在这个世界上只有一个人会这么称呼她,她看到是他便装出高兴的样子,他选择在这时出现可真不是时候。这个年轻男子的衣着很昂贵,在搭配上却很不讲究。他穿着庄重的法兰绒套装,却系了一条白色的晚装领带,裤腰上不协调地束了一根西部狂野风格的镶宝石皮带,

---

① 位于美国纽约州东南部,夏季度假胜地。

脚上穿了一双网球鞋。此时他正在雪茄柜台前往兜里装找回的零钱。当他走向她时,她便走到半道迎他。他走路的姿态轻松、优雅,属于那种对最美好的生活方式总是了如指掌的人。"你多漂亮呀,麦克尼尔!"他说着,自信地拥抱了她一下,"不过你不如我漂亮,我刚从理发店出来。"他那洁净、秀美的脸上,充溢着无可挑剔的鲜亮;新剪的头发使他的模样显得脆弱、无辜,只有理过发才会给人这种感觉。

格蕾迪快快活活、男孩似的推了他一把。"为什么你不待在剑桥?是你学的法律太乏味吗?"

"是乏味,不过一旦家里人知道我被开除了,那他们会更叫人感到乏味。"

"我不信你的话,"格蕾迪笑道,"不管怎么说,你得把事情的经过全都告诉我。只是现在不行,我们有急事,没有时间了。爸爸妈妈要乘船去欧洲,我要到船上送行。"

"我也可以去吗?求你了,小姐?"

格蕾迪犹豫了一下,然后朝家里人喊道:"阿普尔,告诉妈妈,彼得要陪我们去。"彼得·贝尔对着阿普尔的背影用拇指揉了揉鼻子,即刻跑到街上去拦出租车。

他们需要两辆出租车。格蕾迪和彼得要等着从衣帽间取出露西养的有点斜视的达克斯小猎犬,他们坐第二辆。

这辆车车顶有一扇天窗,可以看到鸽子在飞,白云和高楼仿佛朝他们倾倒下来。太阳发射着带夏日尖头的箭,叮当作响地落在格蕾迪闪亮的铜色短发上。她那鱼脊般精美的骨头架子撑起的透着聪明劲儿的瘦削脸庞,经受着加了蜜的阳光温柔的冲洗。"假如有人问起,"她说着,给彼得点着了香烟,"阿普尔也好,别的人也好,请你回答说我们有个约会。"

"这是什么新花招?给绅士点香烟?这个打火机,麦克尼尔,你怎么会有这东西?多么邪恶啊!"

的确有点邪恶,不过此前她还没这么想过。它是用反光玻璃做的,上面还带有一个大字母金属片,是那种能在杂货店柜台里找到的新奇玩意儿。"我买的,"她说,"好用极了。哎,我刚才说的你记住了没有?"

"亲爱的,我可不相信是你买的。你不管怎么狠劲儿装,恐怕并不是的真那么粗俗吧?"

"彼得,你在拿我开玩笑?"

"我当然是在开玩笑。"他大笑起来。她扯扯他的头发,也笑了。格蕾迪和彼得虽然不是亲人,却有着亲人般的感觉,不是出于血缘关系,而是出于同情心。她知道这是一种最快乐的友情,跟他在一起总使她感觉进入了温暖安全的港湾,可以放松。"为什么我不该拿你开玩笑呢?你不也正在这样对待我吗?别,别摇头。你遇到了什么事情,而你不想告诉我。没关系,亲爱的,我现在不想惹你烦。至于你说的约会,为什么不呢?只要能躲开我那伤透了心的父母就行。不过你要为此付出大代价,说到底,我为什么要为你花钱呢?我更喜欢陪着我亲爱的妹妹哈丽雅特,至少她能给我讲天文学知识。顺便提一句,你知道这个沉闷的女孩干了什么吗?她要去南塔科特花上整个夏天研究星星。是那艘船吗?玛丽女王号?我可是满心期望能看到像波兰油轮那么好玩的东西。醉鬼才会把它想象成暴躁的大鲸。你们爱尔兰人健全得很,[①]英国人就很恐怖。不过法国人也不怎么样。诺曼底号被烧毁还是不久前的事情。[②]即便这样,要我选择的话,我还是不会乘美国船……"

麦克尼尔夫妇在头等舱,他们的套间装饰华丽,每个房间都有假壁炉。露西在客舱里跑来跑去,刚刚送来的兰花在她的翻领上颤动。阿普尔跟在她后面,大声念着别人赠送的鲜花和水果上的卡片。麦克尼尔先生的秘书茜德小姐神情庄重,拿了一瓶帕普海德西克牌香槟酒,在他们中间递来递去,她觉得早晨不适合喝香槟酒,所以表情隐约显得不自在(彼得·贝尔对她说不必用杯子,瓶里不管剩下什么他都要)。麦克尼尔先生则一副心满意足的样子,

---

① "麦克尼尔"是爱尔兰人的姓氏。
② 1942年2月10日,法国客轮诺曼底号在纽约港被焚毁。

站在门口把一位想要拍摄重要乘客镜头的男子挡在门外："抱歉，老头儿……忘记化妆了，哈哈！"除了那个男子和茜德小姐，没有谁欣赏麦克尼尔先生开的玩笑。而茜德小姐之所以不反感，露西说是因为茜德小姐爱上他了。达克斯小猎犬扯破了一位女摄影师的长袜，后者正在给姿态极其刻板的露西拍照。"你问我们计划在国外做什么？"露西嘴里重复着记者的问题，"哦，这可不确定。我们在戛纳有一所住宅，大战爆发以后我们就没再去过，我想我们会在那里停一停。至于购物，我们当然要购物。"她有些犯窘，支支吾吾地说："不过最重要的还是乘船航行本身。没有什么比来一次夏日横渡更能振奋精神的了。"

彼得·贝尔偷走了香槟，他带着格蕾迪离开了客舱，穿过交谊厅走到一处露天甲板上。背对着纽约城高楼林立的轮廓，乘客与送行者招摇而行，已经开始了他们引以为豪的摇来晃去的海上漫步。一个男孩独自站在栏杆边，可怜地放着用糖果纸做的风筝。彼得请他喝一口香槟，可男孩的妈妈——一个体格异常强壮的巨人，迈着雷鸣般的步子走过来，逼得彼得和格蕾迪逃到了关狗的甲板上。"啊，亲爱的，"彼得说，"狗的窝，我们可不就是一向都这么苦命。"他们一起挤在一块能晒到太阳的地方。这里很隐蔽，偷渡者可以藏在这里。此时那些大烟囱一声轰鸣喷出急切的吼叫。彼得说要是他们睡着了，醒来发现满天星斗、船已经驶入大海该多好啊。几年前，他们曾一起在康涅狄格海岸上奔跑，俯瞰松德海峡，把一整天的时间都用来编造引人入胜和危机四伏的情节。彼得总是特别热心于此，他似乎深信不疑：只要有一只橡皮筏子他们就能去西班牙。那种孩子气的热情此时仍在他的嗓音里隐约显露。"我想只是因为我们不再是孩子了，"他说，两人将最后一点香槟酒分着喝了，"这真是太可怜了。不过我真希望我们还很小，可以留在这艘船上。"

格蕾迪把晒成褐色的两腿往前一伸，头往后一仰，说："我会游回岸上。"

"也许这一回我不会像以往那样听你的。反正我离开家是很经常的事情。可是麦克尼尔，你怎么能拒绝欧洲呢？这样问也许太粗鲁了吧？我的意思是说，我是不是在干涉你的隐私？"

"没什么隐私。"她说道，有点被激怒了，又有点为也许存在这样的隐私而得意，"并非真的是隐私。更像是一点秘密，一点小秘密，你想把这个小秘密再保留一段时间，哦，不是一直保留下去，而是再保留一个星期、一天，或者只是几个小时。你知道，就像你把一件礼物藏在了抽屉里。过不了多久你就要把它送出去，可在这一段时间里你想让它只属于你自己。"她不算老练地表达了自己的感觉。她盯着彼得的脸，确信从他脸上能看到知心朋友的回应。

但她不安地发现,他的脸上竟然毫无反应。他似乎已渐渐隐去,仿佛突然暴露在太阳下面,耗尽了他所有的光彩。此时她意识到他根本就没听到她说的话,便拍拍他的肩膀。他眨眨眼睛说:"我真想知道……我真想知道,这么不合群最后究竟会有什么结果?"

这个问题有点来历;可是已从彼得本人的生活中获得答案的格蕾迪,听到他这么若有所思、这么认真地问这个问题还是感到讶异,甚至有点震惊。彼得确实从来都不合群,不管在学校还是在俱乐部,正如他自己说的,对于那些他不得不认识的人,他和谁都无法相处。可对格蕾迪来说,正是这种状况才使他们俩结为盟友。她并不在意用何种方式,反正她爱他,她进入彼得的另类领地,就仿佛她也以同样的理由属于那里。彼得肯定曾开导她,说她和他别提有多相像了,他们都太优秀,这不是他们的时代,他们所赞赏的青春时代将在未来实现。格蕾迪从来没有为这事烦过心;也就是说,她认为——现在回想起来过去的想法未免荒唐可笑——她自己从来没有不合群:只不过她从未做过努力,从不觉得让别人喜欢自己有多重要。而彼得却过分忧虑。在他们的童年时代,她一直帮着这位朋友建造一座并不结实的庇护沙堡。这样的城堡会损害自然、快乐的成长过程。在彼得看来,他还活着这件事本身就不同凡响。而格蕾迪,尽管她还在使用只有他们两人知道的幽默典故，还会提起他们之间的伤心往事和敏感话题，但她不再想要那种城堡了。彼得所盼望的受赞赏的日子，所许诺的黄金时代，他难道不知道就是现在吗？

"我明白，"他说，仿佛已猜到了她的心思，他要对此作出回答，"尽管如此。""我明白"和"尽管如此"是他感叹时的口头禅。"我想你猜我是在开玩笑。我说的是关于大学的事情。我真的被开除了；不是因为说错了什么，而是因为说了或许太过正确的话：无论说哪一种似乎都会遭到反对。"他脸上又显露出调皮鬼似的活力非凡的表情，这种表情与他很相配。"我为你高兴。"他莫名其妙地这么说。不过格蕾迪还是感觉到一阵温暖，把面颊贴近他的脸。"麦克尼尔，要是我说我爱上了你，会显得乱伦，是吧？"催送行者上岸的锣声响遍了全船，浓厚的云层突然袭来，阴影倾泻而下，遮蔽了甲板。格蕾迪当即产生一种不可名状的失落感：她意识到可怜的彼得甚至还不如阿普尔了解她。可因为他是她唯一的朋友，她想把事情告诉他；不是现在，某个时候吧。他听了会怎么说呢？因为他是彼得，她相信他比别人更爱她；假如不是这样，那就让海水冲垮他们的城堡，她指的不是他们以前建造的那座用以逃避生活的城堡，至少对她来说它已经垮了，她指的是庇护友情和承诺的那座。

当太阳冲破云层，他站起身，也把她拉起来，说："今晚我们去哪儿庆祝一下？"格蕾迪一直想向他解释不能再和他约会了，可没等她开口，一个船员手里拿着一面锣，叫叫嚷嚷地警告他们。此后因为要去跟露西告别，她就把这事忘到脑后了。

露西的手帕格外显眼，她时不时地拥抱一下女儿们，跟着她们来到舷梯边。看到她们进了撑着帆布的出口通道，她又赶紧跑上甲板，等着她们出现在绿栅栏后面。当看到她们目光茫然地出现在拥挤的人群中时，她开始挥动手帕想让她们看到她，可她的胳膊奇怪地变得虚弱无力。茫然若失的感觉突然袭来，她禁不住感到负疚，仿佛她把什么没有完成的事情扔下了，胳膊滑落在她身侧。手帕郑重地在她眼前浮现，格蕾迪（她爱她！上帝作证，她为格蕾迪付出了这个孩子可能接纳的全部的爱）的形象已变得模糊不清。有受伤的时候，有艰难的时候，虽然格蕾迪与她就像她与自己母亲一样不同，自以为是、更加顽固，可格蕾迪毕竟还没有长大成人，只是一个年轻姑娘，一个小女孩。这是一个可怕的错误，他们不能留下她，不能把自己还不成熟的孩子留下。快来不及了，她必须告诉拉蒙特他们不能走。但没等她行动起来，他已经用胳膊从后面搂住了她；他正朝下面的孩子们挥手，于是，她也朝她们挥手。

二

百老汇是一条街,也是一个社区和一种氛围。格蕾迪从十三岁起,在里斯黛尔小姐班上的好几个冬天,她每周都要偷偷地去百老汇的氛围中探险,即便这意味着要经常逃学。这里吸引她的首先是派拉蒙剧院和斯特兰德剧院的乐队表演;还有那些古怪的电影,在第五大道以东或斯坦福德和格林威治是看不到的。但是到了去年,她就只想在那里逛一逛,或者站在街角看行人在周围走来走去。她会整整一下午停留在那里,有时一直到天黑。不过那里是不夜城:已经亮了一整天的灯光在黄昏时变成黄色,天黑后则白亮白亮的。此时出现在这里的那些陷入幻梦的面孔,几乎在她眼前原形毕露。她的快乐部分来自隐姓埋名,但当她不再是格蕾迪·麦克尼尔,她不知道取代她的是何人,她说不出兴奋烈焰的助燃剂究竟是什么。她从未对任何人提起过在这里遇到的人:那些眼睛珍珠般闪亮、喷了香水的黑人,那些身穿丝质衬衫或海员衫、一副流氓样儿或牙齿雪亮、套装散发着薰衣草味的男人,还有那些盯着你看、冲你微笑的男人,他们跟在后面问:"你想去哪儿?"在这里出现的那些面孔就像尼克斯游乐场换筹码的女人的脸,它们没有归属,都是青眼睑下面青眼影。这些夜间人像涂了防腐芳香剂,在焦糖味的甜丝丝的空气里飘浮。"快呀快!"大门口的扩音喇叭把狂乱的大呼小叫投进炫目、哀伤的节奏中,加快了那种快要崩溃的感觉:逃——从这个明亮的不夜城逃到真实的、没有性欲、没有爵士乐、令人愉悦的黑暗之中。这些令她着迷的恐怖感觉,她没有对任何人说过。

在拐出百老汇的一条小街上,离洛克西剧院不远,有一个露天停车场。这是一块荒凉的、像是被废弃了的场地,仅有一排卖爆米花和廉价杂货的小店。入口处有一块牌子,上面写着"奈默停车场"。尽管在这里停车挺贵,而且很不方便,但在这一年的早些时候,在麦克尼尔家关闭城里的公寓、启用康涅狄格的住宅之后,格蕾迪每次开车进城,都把车停在这里。

四月的某个时候,一个小伙子来这个停车场工作。他名叫克莱德·曼泽尔。

格蕾迪到达停车场之前就已经在找他了:无聊的早晨,他有时会在这个地段游逛,或者坐在邻近的自助餐厅里面喝咖啡。但她哪儿都没见着他,进了停车场也没看见他的影子。现在是中午,砾石路面上散发着热烘烘的汽油味。虽然他踪影全无,穿过停车场的时候她还是不耐烦地喊他的名字。露西乘船去欧洲使她如释重负,她万分急切地想见到他;整个上午载着她漂浮的一切似乎顿时在她身下散了架。她最终放弃了寻找，沮丧地在抖动的刺眼阳光下站住。这时她想起有时候他会钻进一辆车里打个盹儿。

她自己的车——蓝色的别克折篷汽车，康涅狄格州车牌上有她姓名的首字母——停在一排车的末尾，隔着好几辆车，她就感觉到要在那里找到他了。他在车后座睡觉。顶篷放下来了，她刚才之所以没看见他，是因为他蜷缩着，不在她的视线之内。收音机嗡嗡响着播送当天的新闻，他的腿上放着一本翻开的侦探小说。观看所爱的人睡觉自有神奇之处：你的意识和眼睛都是自由的，在一个甜蜜时刻你抓住了他的心；此时他没有任何防备，无论显得多么荒唐，你都会相信他是纯真的男人、温柔的孩子。格蕾迪俯身打量他，感到有头发滑下碰到了眼睛。她盯着看的这个小伙子大约二十三岁，既不好看也不丑；他整日在露天工作，比大多数人都显得更饱经风霜，可走在纽约街头，你会发现跟他相像的人实在太多了。不过他身上具有一种柔和的气质，一头带小卷的黑发与之相配，有如波斯羊头上匀称的顶毛。他的鼻子有点歪，这倒给他泛着乡野红光、透出某种机敏的感染力的脸增添了几分夸张的男子气概。他的眼皮抖动起来，格蕾迪感觉到他的心从她的手指间滑过，那是睁眼前的一阵紧张。"克莱德。"她低声唤他。

他不是她交往的第一个恋人。两年前，十六岁的她第一次有了自己的车，拉着一对来自纽约的沉默寡言的夫妇在康涅狄格到处寻找住处。他们在一个乡村俱乐部的场地上找到了一座不错的小房子，房子紧靠着一个池塘。这对夫妇，也就是博尔顿夫妇，很喜欢她。至于格蕾迪，她显得太投入了：她监管了这次搬家，为他们建假山庭院，为他们找来一个用人，每星期六都与史蒂夫·博尔顿一起打高尔夫球或帮他割草坪。史蒂夫的妻子名叫珍妮特，这个漂亮女孩不爱说话，一副人畜无害的样子，毕业于布林莫尔学院。她已有五个月身孕，对费力的事都躲得远远的。史蒂夫是律师，为一家公司工作，而这家公司跟格蕾迪的父亲有业务往来。博尔顿夫妇经常应邀到"老树居"做客，麦克尼尔夫妇用"老树居"这个雅号来美化他们的这处房产。史蒂夫使用他们家的游泳池和网球场，原先属于阿普尔的房间，麦克尼尔先生也给了史蒂夫随意使用的权利。那时候格蕾迪的眼睛里只有博尔顿夫妇，或者不如说她的眼睛里只有史蒂夫，这使彼得·贝尔以及格蕾迪为数不多的几个朋友都感到迷惑不解。他们老待在一起还不够，格蕾迪还时不时乘史蒂夫持有长期车票的通勤火车和他一起进城。为了傍晚能和他一起乘火车回家，她就在百老汇游荡，一场接一场地看电影。但她不得宁静。她不能理解为何在最初的快乐之后，她的感觉会变成烦闷，如今又变成了痛苦。他看出来了。她确信他心里明白。当她穿过房间朝他走来，当她在游泳池里向他游去，他的眼睛注视着她。这双眼睛洞察一切，却没有气恼的表示。在爱的同时，她也学会了恨，因为史蒂夫·博尔顿心里明白却不想帮她。那时候她每天都处于恼怒的情绪中，她踩踏蚂蚁，掐掉萤火虫的翅膀，好像要与一切和她一样无助的东西作对，她鄙视自己。她穿上她能买到的最薄的时装，薄到每一小片树荫或每一丝风的涟漪都会令她身上掠过凉意。她不想吃饭，只想喝可乐，抽烟，驾车外出，于是变得又干又瘦，身上的薄衣松松垮垮、飘飘荡荡。

史蒂夫·博尔顿习惯早餐之前到他家旁边的池塘里游泳。格蕾迪发现了他的这个习惯后，脑海里便挥之不去。早晨醒来时，她想象着他站在池塘边的芦苇丛中，就像一只奇特的追逐黎明的金色鸟。一天早晨，她去了那里。池塘附近生长着一片小松树，她正好可以在里面藏身，平躺在被露水打湿的松针上。秋天朦胧的雾气在池塘上飘浮。都已经秋天了，他当然不会来了，她等了那么久，连夏天过去了都没有注意到。就在她这么想的时候，他出现在小路上。他漫不经心地吹着口哨，一只手的手指间夹着香烟，另一只手拿着毛巾。他只穿着睡袍，到了池塘边，他脱掉睡袍扔在石头上。仿佛她的星星终于坠落，撞击地面，并未造成焦黑一片，而是更加蓝莹莹地燃烧：当他蹚水往她这边走，身体变得像巨人般高大时，她半跪着，手臂抬起向外伸,就像要去触摸,要向他敬拜。那身体不断向她靠近,直到他毫无察觉地沉入芦苇下面的深水里。格蕾迪禁不住大喊一声,她退到一棵树旁,抱住它,仿佛这就是他爱的一部分,他壮美之躯的一部分。

珍妮特·博尔顿的孩子出生于秋末:就在麦克尼尔夫妇关闭"老树居"搬到城里的冬季住处之前,那个星期正可以打斑点野雉。珍妮特·博尔顿情绪非常低落,她已经两次差点失去这个孩子,而照顾她的护士在赢得了某项舞蹈比赛之后,态度也渐渐生硬起来,一天里大部分时间都不见人影。因此,要是没有格蕾迪,珍妮特真不知道怎么办才好。格蕾迪会过来看看,做简单的午餐,草草打扫一下房间。有一项家务她做起来总是很快活,那就是去取洗好的史蒂夫的衣服,将它们挂起来晒。孩子出生的那天,格蕾迪看到珍妮特疼得弯下腰大声尖叫。每当情势所致,格蕾迪总要惊讶于自己对珍妮特的感受竟会如此温情:珍妮特,一个无足轻重的女人,活像一只可能被捡起的海贝,因为粉红镶边的完美外表,被保存起来以供赏玩,却永远也成不了收藏家真正的珍宝。她的魅力和她的防卫都微不足道,因为别人不可能感觉到受她威胁或忌妒她,格蕾迪当然也感觉不到。可就在格蕾迪走进珍妮特家听到她尖叫的那个早晨,她产生了一种满足感。虽说这并不意味着她很残忍,但至少阻止她立刻过去帮忙,仿佛在珍妮特·博尔顿疼痛难忍的这些时刻，格蕾迪自己尝过的所有折磨都成功地表达了出来。当她终于向珍妮特提供必要的帮助时，她干得非常出色。她请来医生，把珍妮特送往医院，然后给身在纽约的史蒂夫打电话。

他乘下一趟火车从纽约赶回来。他们在医院里一起心神不安地度过下午。夜晚来临，还是没有消息。为了打发时间，史蒂夫与格蕾迪说了几个笑话，玩了一次红桃纸牌游戏，随后他们退到角落里，相互之间默默无语。火车时刻表、律师业务和需要支付的账单曾把他搞得疲惫不堪、分外沮丧，此时这种疲惫沮丧就像旧日的灰尘从他身上飘走了。他坐在那儿，嘴里吐着烟圈，格蕾迪开始觉得这些中空的零仿佛是自己在被弯成圆圈送到空中，仿佛他那池塘里的形象在她面前消退，直到此刻她才可以真真切切地看见他，这一幕使她萌生从未有过的感动：他的肩膀疲惫地垂下来，眼角闪着泪光，他属于珍妮特和她的孩子。她想表现对他的爱，不是把他当作情人，而是当作因为爱和新的生命而情绪消沉的男人，她靠近他的身边。一个护士来到门口；史蒂夫·博尔顿听到儿子降生的消息时表情没有任何变化。他缓慢地站起来，眼睛暗淡无光；随着一声使房屋都摇晃起来的叹息，他的头往前靠在了格蕾迪的肩膀上。"我是个非常幸福的男人。"他说。就此结束了，她不再想要他的什么了，夏日的欲望落地变成冬日的种子；

风儿把种子吹得很远,直到下一年的四月,种子开出了花朵。

"来吧,给我点一支烟。"克莱德·曼泽尔的声音透着被吵醒的怨气,不过总是相当嘶哑和粗糙,具有某种与众不同的特征:无论他说什么,都易于给人留下印象,因为他说话含糊不清,仿佛受到维持行驶的油门的控制,表现出男人那种每个音节都拖拖拉拉、慢吞吞的习性。尽管如此他说话时还是结结巴巴,经常性的停顿把句子搞得支离破碎,意义全失。"别把烟头弄湿,小妞。你总是把烟头弄湿。"他的声音确有吸引人的地方,但也可能误导人:有些人会因此以为他脑子笨。但这只能证明这些人不善于观察。克莱德·曼泽尔一点都不笨,事实上他独特的聪明显而易见。他某方面的知识极为渊博,比如:如何逃,如何藏,如何不花钱乘地铁、看电影和打收费电话。这些知识来自城市顽童的街头斗殴和绝望的午后,那种时候只有冷酷、聪明、机敏和勇敢的人才能生存下来。这些经历磨炼了他,增强了他眼睛的敏锐度。"啊,烟头上全是你流的口水。天哪,我知道你会这样。"

"我抽这支。"格蕾迪说,她用那个彼得觉得俗不可耐的打火机给他点上另一支烟。一个星期一,是克莱德休息的日子,他们去了射击室,克莱德在那里赢得了这个打火机，送给了她。从那以后，她就喜欢给人点烟了。看到她内心的秘密伪装成细长的火焰，没遮没拦地在她自己与别人之间，在知道秘密的人与可能发现秘密的人之间跳跃，她感到很兴奋。

"谢谢，小妞，"他说，接过这支新点的烟，"你是个好孩子，你并没有把烟头弄湿。我只是心情不好，仅此而已。我不该睡成那样。我在做梦。"

"希望我在你的梦中。"

"我做了什么梦都不记得了。"他说，搓着自己的下巴就像需要刮胡子了似的，"对我说点什么吧，你把他们，你家里人送走了？"

"刚刚才脱身——阿普尔要我开车送她回家，一个老朋友又冒了出来，把人搞得稀里糊涂，我是直接从码头过来的。"

"我也有个老朋友要冒出来，"他说着，朝地上吐了口痰，"他叫明克①，你听说过明克吗？听我说，这家伙在军队里和我是战友。因为你上次说的事，我就叫他过来，下午替我照看一下。这个杂种欠我两块钱，我对他说要是他过来，欠的钱就免了。所以，宝贝儿，"他伸出手去摸她短外衣凉爽的丝质料子，"除非这家伙不来。"然后他的手轻轻一按，滑到了她的胸部，"那样的话，我想我就得守

---

① 原文为 Mink，意为"水貂"。

在这儿了。"他们彼此默默地注视片刻,正好是一滴汗从他的额头顶端滑落到他下巴所用的时间。"我想你。"他说。要不是有顾客把车开进了停车场,他会继续说些什么的。

三位女士来自西切斯特,她们过来吃午饭,看午后的演出。克莱德去照应她们的时候,格蕾迪坐在车里等着他回来。她喜欢他走路的样子,两条腿似乎不慌不忙,懒散地一步一停顿,步子迈得特别大。身材高大的人才这么走路。可克莱德并不比她高多少。在停车场工作时,他总是穿一条卡其布夏季军裤,一件法兰绒衬衫或旧运动衫;这种衣服穿着在他身上比他自己特别满意的那身套装更好看,也合适得多。他出现在她的梦里时,总是穿着那身双排纽扣、蓝细条纹的蓝色套装;她想不出这是为什么,但就这一点而论,她做的有关他的梦反正都是不可理喻的。在这些梦中,她永远充当旁观者的角色,而他跟别人,别的女孩在一起;他们带着不屑的假笑从她面前走过,或者眼睛故意看别处,不理睬她;莫大的羞辱,更强烈的是忌妒,不可理喻。不过,她的焦虑并非毫无理由,她认定有两三次他私自开她的车外出,而且有一次,车放在他那儿一整夜之后,她发现坐垫间留下一只色彩艳俗的小粉盒,可以肯定,那不是他的东西。但她没有向克莱德提过这些事情,她留着那只小粉盒,且从未对他说起。

"你就是曼泽尔的女友?"她正在调电台找音乐,没听见有人走近，因此，当她一抬头看到有个男人俯身靠在她的车上时，不禁大吃一惊。这人的眼睛死盯着她，半边嘴歪着微笑。他一笑就露出了一颗金牙和一颗银牙。"你是曼泽尔的女友，我说得对吗？我们在杂志上看了你的照片。那张照片拍得真不错。我的女友威妮弗蕾德——曼泽尔对你说起过威妮弗蕾德吗？她非常喜欢那张照片。你觉得拍那张照片的家伙会给她拍一张吗？那她会快活死的。"格蕾迪只能看着他，可她不想看，因为他就像一个动个不停的胖乎乎的婴儿，突然间反常地长成一头牛那么大。他的眼睛鼓出来，嘴唇歪斜了。"我是明克。"他说着抽出一根香烟，格蕾迪没管他，他自己点着了。她使足了劲让车喇叭大声吼起来。

克莱德从来都不会着急；在把从西切斯特开来的车停好后，他不紧不慢地走过来。"该死的，吵什么呀？"他说。

"这个人，这不，他来啦。"

"你以为我没长眼睛？嘿，明克。"他转过身，将注意力放到明克那张堆着假笑的脸上。格蕾迪又努力在收音机里找音乐：对于克莱德说的话，她很少当即就表示不满。他发脾气只会使她觉得与他更亲近了，因为他随意地将脾气发泄出来恰恰反映了他们的亲密程度。但她宁可没有在这个"牛孩"面前表现出丝毫，他竟然问她"你就是曼泽尔的女友"。她想象克莱德对他的朋友谈起自己，甚至给他们看登在杂志上的她的照片。可这都没什么，为什么不该这样呢？从另一方面说，她根本想象不到他会有什么样的朋友。现在她要耍脾气、摆架子可不是时候。于是她露出微笑，试着接受明克。她说："克莱德担心你来不了。你这样帮我们的忙真是太好了。"

明克笑起来，就好像她按动了他体内的一个电灯开关。这挺痛苦的，因为她能看出来——尽管他脸上表情又活跃起来——他知道她不喜欢他，而且对此很在意。"啊，是的，是的，我不会拒绝曼泽尔的。我本该早一点过来，只是威妮弗蕾德，你知道威妮弗蕾德吧，她丢下工作参加罢工了，她要我去那儿帮她好好求求（情）。"格蕾迪心神不定地朝停车场的小办公室方向看，克莱德去那里换衣服了。她急切地等他回来，不仅因为独自和明克在一起让她神经紧张，还因为一分钟真的长得像一个星期，她想念他。"你的车太棒了，确实太棒了。威妮弗蕾德的叔叔住在布鲁克林，他收购二手汽车。我敢断定他会为你的车出大价钱。我说，哪天晚上我们该来一次四人约会，开车出去跳舞，明白我的意思吗？"

克莱德回来了，她也就不必回答了。他换上了干净的白衬衫，系上了领带，外面套一件防风皮外衣；他梳理了头发，重新分了分，皮鞋擦得锃亮。他站到她面前，目光炯炯，两手撑起支在臀部。刺眼的阳光使他皱起眉头，可他的整个姿态似乎在说：我看起来怎么样？于是格蕾迪说："亲爱的，你简直太帅了！"

三

是她的主意：他们去中央公园动物园旁边的自助餐厅吃午餐。由于麦克尼家的公寓就在第五大道，而且几乎正对着动物园，她一直对它提不起兴致来。不过今天不一样，受在露天用餐的新奇感的刺激，这似乎是个令人欢欣雀跃的提议。不仅如此，对克莱德来说感受也将是全新的，因为他与纽约城的某些区域从不来往，比如从广场饭店周围向外伸展扩大再向东延伸的这一整片区域。中央公园以东的世界自然是格蕾迪在纽约最熟悉的地方，除了百老汇，她很少冒险越出这个世界。所以当克莱德说他从来都不知道中央公园里有一个动物园时，她以为他是在开玩笑，至少也应该是他不记得了。他在这些方面的无知加重了他生活背景的迷雾。她知道他家的人数和每个人的名字：母亲、两个有工作的妹妹和一个弟弟，父亲生前是一名警官。她大致知道他们住在何处：布鲁克林的某个地方，房子靠近海边，坐地铁要一个多小时才能到达。他经常说起几个朋友的名字，所以她能够记住：她刚才见到的是明克，另一个叫巴布尔①,还有一个叫冈普②,她曾问克莱德是不是真名,他回答当然是。

但从这些零碎的信息设想出的图景太不可靠了,连最低限度的框架都搭不起来:没有透视感,细节更无从谈起。该责怪的当然是克莱德,他对自己的事情谈得太少。他好像也缺乏好奇心:格蕾迪有时为他的不闻不问以及这可能暗示的淡漠感到不安,便慷慨地向他提供自己的个人信息。这并不等于说她对他说的都是实话,恋爱中的人有多少总说实话呢?换言之,能总说实话吗?但她至少向他吐露了足够多的真实信息以供他了解她在他之外的全部生活。可她却感觉他不愿多听她坦言,似乎想让她像他自己那样难以捉摸、神神秘秘。然而她又无法恰如其分地指责他遮遮掩掩,因为无论她问什么他都作出回答。可即便回答了,感觉仍像隔着活动百叶窗窥探。(仿佛他们相会时的世界是一艘帆船,因无风而停在了他们分属的两个岛屿之间,他只要稍加努力就可以看到她那边的岸,而他自己那边的却迷失在尚未消散的雾中。)有一次,她突发奇想,乘地铁去了布鲁克林。她觉得只有亲眼看看他住过的房屋,在他走过的街道上走一走,才能像她所希望的那样了解和理解他。可她以前从未到过布鲁克林,鬼城似的荒凉街道,

---

① 原文为 Bubble,意为"泡泡"。
② 原文为 Gump,俚语,意为"傻瓜"。

地面朝低处延伸，进入样子相仿的平房、废弃的用地和死寂的空地的迷宫中。她感到非常恐惧，才走了二十来步就转身逃跑，回到了地铁中。她后来才意识到，其实从一开始她就已经知道这次出行将以失败告终。也许克莱德已不自觉地做出了最好的选择：绕过岛屿，满足于一艘船的孤单状态。但他们的航行似乎没有任何港口可以停靠；当他们坐在自助餐厅露台上的伞荫下时，格蕾迪又忽地产生了需要牢靠地面的想法。

她希望这次午餐充满乐趣，成为一次以他们自己的名义进行的庆祝；确实如此：海豹们很配合，非常逗乐；花生热乎乎，啤酒凉爽爽。可克莱德却怎么也放松不下来。在这次游览中，他庄重地行使着护花使者的职责。彼得·贝尔会为了嘲弄人买上一只气球，而克莱德给她献上气球，就像这是某个固定仪式的一部分。这可刺痛了格蕾迪的心，真是太傻了，有一阵子她都为他害臊，不愿看他了。午餐的整个过程中她都紧紧抓住气球，仿佛自己的快乐正绷在线绳上上下跳动。但就在吃完午餐时，克莱德却说："听着，你知道我很想在这里待下去！只是我想起我今天有事，得早点回家。我都忘了这事了，不然我会提前告诉你一声的。"

格蕾迪还是一副漫不经心的样子，但她在开口回答之前咬了咬嘴唇。"真遗憾，"她说，"这真的很糟糕。"接着，由于心里生气，她不再拐弯抹角了，"没错，你确实应该先告诉我一声。那样我就不会劳神去计划什么了。"

"小妞,你脑子里计划着什么样的事情呢?"克莱德带着有点色眯眯的微笑说。这个刚才被海豹逗得大笑、给她买气球的年轻人,此时变回了他原来的模样,重新显露粗鲁的一面,这是格蕾迪从来都无法抵挡的:对她来说,这种粗鲁极具魅力,能彻底缴了她的械,她只有妥协这一条路可走了。"不必管它了,"她强迫自己装出暧昧的语气,"现在公寓里没有人,我曾想我们可以去那儿做一顿晚饭。"从自助餐厅的露台可以看到她家的公寓,她指给他看,那套公寓在一座摩天大楼的高处,它的窗户横贯半个楼层。但任何请他到那儿去的建议似乎都令他沮丧:他不安地捋捋头发,又紧了紧领带的结。

"你什么时候回家呀?不会是马上吧?"

他摇了摇头,接着就对她说了她最想知道的:为什么他必须回家。他说:"是我弟弟的事情。要为这孩子举行成人礼,我是不能不去的。"

"成人礼?我还以为这是犹太人的仪式呢。"

肃静像羞红一样遍布了他的脸。一只厚脸皮的鸽子心安理得地在他们的餐桌上啄着食物碎屑,他连看都不看一眼。

"这是犹太人的仪式吧?对不对?"

"我是犹太人。我妈妈那边是。"他说。

格蕾迪默默地坐着，让他的话激起的惊愕像葡萄藤一样缠绕住自己。附近餐桌细碎的谈话声波浪似的荡漾开来，就在此时，她看到他们离岸实在太远了。他是犹太人并不重要，阿普尔也许会利用这种事制造事端，可格蕾迪从来不觉得对一个人来说这有什么，何况是克莱德。可他告诉她这件事的语气不仅仅认定她会把这当回事，还进一步强调了她对他了解甚少：她心目中他的形象不仅没有拓展，反而萎缩了，她感觉自己不得不从头再来。"好吧，"她慢慢开始说话，"你以为我会在意吗？你知道的，我真的不会在意。"

"你说的'在意'到底是什么意思？你以为你是谁呀？真该死，你还是在意你自己吧。我在你眼里什么都不是。"

一个面容古板的女士一直在专注地听他们说话。她的暹罗猫用皮带系着。有她在旁边，格蕾迪不好发作。气球已经有点瘪了，原先胀鼓鼓的地方开始起皱。她仍旧抓着气球，把椅子一拉，起身快步下了露台的台阶，沿着一条小径跑去。克莱德用了几分钟时间才追上她。等到他跑到她身边时，刚才发作起来使她失去自制力的怒气已经消失了。可他伸出两条胳膊抱住她，好像以为她会使劲挣脱似的。阳光的薄片从树间落下，蝴蝶般轻快地闪动。不远处的长凳上，一个男孩的腿上平放着一部上发条的维克托拉牌留声机。从留声机里传出单簧管独奏的缠绵曲调，在波动的热烘烘的空气中回旋。"克莱德，你对我很重要，还不只是很重要。我也说不清楚，因为我们好像从没谈过这方面的事情。"这时她停下来不说了；在他眼睛的逼视下，语言显得苍白无力。恋人间往往词不达意，只有克莱德似乎了解其中的一切意图。"当然，小妞，"他说，"你说得都对。"

然后他又给她买了个气球，原先那个已经皱缩到苹果大小了。新买的气球要新奇别致得多，白色的，做成一只猫的形状，眼睛和胡须都涂了紫色。格蕾迪欢天喜地："让我们拿去给狮子看看！"

动物园的猫科动物馆弥漫着一股躁动不安的臭味，陈腐的气息和死了的欲望营造出昏昏沉沉、污浊不堪的气氛。在悲哀的调子下也有喜剧性的插曲：胖乎乎、邋里邋遢的母狮斜靠在自己的居室里，有如声名无存的昔日影后；其伴侣的形象庞大臃肿、滑稽可笑，冲着观众眨巴眼睛，好像它会使双光眼镜。不知为什么，花豹心情不错，黑豹也是如此，它们趾高气扬的姿态让观众脉搏加快，即便是囚禁的屈辱也无法削弱它们亚洲型眼睛的威慑力，在幽暗的囚室里，这些金色和淡赤褐色的花朵因期待格斗的勇气而绽放。到喂食的时刻，猫科动物馆变成了喧嚣的丛林，因为双手染了血、在笼子间穿行的饲养员有时动作慢了点，那些受他监护的动物忌妒先得食的同类，发出要把屋顶掀翻的尖叫，那渴望的怒吼震得铁条咯咯作响。

一群孩子挤到了克莱德和格蕾迪之间，当喧嚣声响起时，他们推搡着尖叫起来；可渐渐地，他们被继续增强的轰鸣吓呆了，都不作声，紧紧地挤作一堆。格蕾迪想从他们中间穿过去，结果丢了她的气球。一个沉默寡言、目光恶毒的小女孩趁机抢走气球，迅速消失了。格蕾迪都没有注意到抢气球这回事，动物发自肺腑的洪亮吼声令她情绪亢奋，她只想赶上克莱德，让自己顺从克莱德的意志如一片树叶迎着风折叠起来，或如一朵花臣服在花豹足下。无须说什么，她颤抖的手已经说明了一切：他心领神会地触摸她。

麦克尼尔家的公寓就像下过一场大雪，特大规格的房间和房间里的家具都被白皑皑的"积雪"覆盖：天鹅绒、针织品，还有雅致的木器和难以持久的镀金，都在蒙上夏日尘垢的遮盖布下面呈现出幽灵般的惨白。在这一片"积雪"和遮盖布的幽暗世界的某个尽头，传出了电话铃声。

格蕾迪进门时就听到了铃声。在去接电话之前，她先领着克莱德走过豪华的大厅。这个大厅大到你在这一头说话，另一头的人会听不到。通向她自己房间的门在一长排房门的末尾。只有这个房间，管家在关闭整个公寓时让它完全保持冬天居住时的模样。原本这个房间是属于阿普尔的，但她结婚之后格蕾迪搬了进去。阿普尔在房间里留下了许多摆设，诸如俗丽的小香水柜、足足有一张床大的坐垫，以及一片云彩那么大的床。格蕾迪不想接受阿普尔留下的摆设，但她实在想要这个房间，因为它的法式玻璃门通向一个阳台。从那个阳台可以俯瞰整个中央公园。

克莱德在门口迟迟疑疑不愿进来，嘴里说他穿得不太合适，此时电话铃响似乎更加令他不安。格蕾迪让他坐在坐垫上。坐垫的中央摆放着留声机和一堆唱片。有时她一个人的时候，喜欢在坐垫上伸开手脚躺下，这时播放慢节奏的歌曲，正好可以陪伴她展开各种稀奇古怪的遐想。"放张唱片。"她说。过去接电话的时候，她在心里嘀咕：老天呀，为什么铃声还不停？是彼得·贝尔打来的电话。约好一起吃晚餐？当然，她还记得的。但不去那个地方，拜托了，不去广场饭店了。不，她不想吃中餐。不是的，她真的就一个人，拿什么消遣？哦，听唱片。什么唱片？嗯——比莉·哈乐黛[①]。好吧，Pomme Souffle[②]，七点整，到时见。格蕾迪放下听筒时，希望克莱德问是谁打来的电话。

但他并没有问。于是，她主动说："这样挺好是吧？我终究不用独自吃饭了。彼得·贝尔要带我出去吃。"

"嗯，"克莱德嘴里应着，继续翻弄唱片，"哎，你有《红

[①] 比莉·哈乐黛，美国二十世纪三四十年代爵士乐女王。
[②] 法语，意为"土豆舒芙蕾"。

河谷》吗？"

"没听说过。"她语气轻快地说，推开了阳台门。他至少该问问谁是彼得·贝尔。从阳台上，她可以看到高耸在城市上空的尖顶和高高飘扬的旗帜，在这个一切都在高温下融化的下午微微颤抖；尽管如此，此刻天空正渐渐变得脆弱，不久便将破碎成黄昏时的片片微光。他会在黄昏前离开。这样想着，她转身回到房间，期待而急切。

他已从坐垫移到了床边。他坐在床的边缘，周围的这张床实在太大了，相形之下，他小得可怜。他显得忧心忡忡，仿佛会有人走进来，把他从这里抓走，因为他没有理由到这种地方来。像是要从她那里寻求保护，他伸出双臂搂住她，把她揽到身边。"宝贝，为这样的一次我们等了好久了，"他说，"在床上该是很不错的吧。"床上铺着蓝色床单，蓝色在她面前伸展开，有如深不可测的天空。可这显得多么陌生，她可以发誓说她从未见过这张床，丝质表面泛起新奇的湖光涟漪，枕头垫得高高的，像尚未探索过的山区。她从不胆怯在车里或在河对面和高高的帕利塞德陡崖上找个树木茂密的地方干那事，可这张床，它的这些湖泊、天空和山峦，似乎是这么令人印象深刻，这么庄重，令她害怕。

"你冷吗还是怎么了？"他说。她紧绷身子倚靠着他；她不愿引他多想："打了个冷战，没什么。"然后她将他稍稍推开一点："说你爱我。"

"我说过的。"

"没有吧，你没说过。我等着听，可你从来不说。"

"好吧，给我点时间。"

"拜托了。"

他坐起身，朝房间另一头的钟瞥了一眼。已过了五点。接着他果断地脱下皮外衣，开始解鞋带。

"克莱德，你不想吗？"

他回头笑嘻嘻地说："想，我实在想。"

"我不是这个意思；再说，我不喜欢你这样，你听起来像是在和婊子说话。"

"别胡诌了，宝贝。你把我拉到这儿来，不是为了空谈爱情。"

"我对你很反感。"她说。

"听听啊！她发脾气了。"

接着是一阵沉默，像一只受伤的鸟到处走动。克莱德说："你想打击我是吧？我有点喜欢你发脾气的样子；你就是这样一种女孩。"他的话使格蕾迪的身子在他的怀抱里变轻了，他把她托起来，吻了她，"你还要我说那句话吗？"她的头倒在他的肩膀上，"因为我要——"他一边说，一边用手指拨弄着她的头发，"脱掉你的衣服——我要好好地对你说说了。"

在她的梳妆室里，有张桌子带有三个方向的镜子。正在取下手链的格蕾迪,可以从镜子里看到另一个房间克莱德的每一个动作。他脱得很快,把脱下的衣服随手扔得到处都是;脱到短裤时,他点了一支烟,伸展开四肢,落日的余晖映在他身体的轮廓上;然后他对她笑笑,脱掉了短裤,站到梳妆室的门口,"你真这么想吗?你对我很反感?"她缓缓摇了摇头。他又说:"你敢肯定你不讨厌我?"她的椅子倒了,把镜子震得摇晃,黄昏刺眼的金色箭矢纷纷射了进来。

已过十二点,彼得要压过伦巴乐曲让人脉搏加快的强节奏,便提高嗓门对侍者喊着再要一杯苏格兰威士忌。他的目光穿过小得没法再小的舞池和可怕地挤作一大堆的跳舞的人,他怀疑格蕾迪不会回来了。半个小时前,她起身说了声抱歉,他以为她要去卫生间,可现在想起来,也许她已经回家了。但为什么呢?就因为她讲述她那辉煌的浪漫史时他没有喝彩吗?就因为他只是含糊其辞地应付她?她真还应该感谢他呢,他没有把心里想的透露一点给她。她恋爱了;好吧,他相信她,他别无选择,尽管这令他很恼火:她还想要跟这个人——管他是谁呢——结婚吗?这个问题他都不敢说出口。他不能容忍这样的可能性存在。他对此的反应猛地唤醒了自己,以至于在喝了这么多杯马提尼酒和苏格兰威士忌之后,仍痛苦地保持着清醒。刚过去的五个小时中,他意识到自己爱着格蕾迪·麦克尼尔。

证据本来就在手边,他却一直没有得出这个结论,想起来真是古怪。沙堡的迷雾和刻进血液的友情使一切变得模糊不清。即便如此,某些惹眼的证据一直存在,就像杯底的沉淀物那么真切。比如与其他女孩比起来,格蕾迪更能打动他,更能给他带来快乐,更能理解他。她一次次帮助他,让他表现得像个男人。不仅如此,他感到她身上的某些东西正是他教出来的,比如她的优雅气质和审美趣味。她的意志力强大得令他无法接受,他知道自己远远不如她,实际上正是她的意志力令他胆怯。他在一定程度上能影响她,除此之外她想怎么样就怎么样。上帝知道,他对她无所求,真的无所求。可能他绝不会跟她做爱,要真的跟她做爱,也许会变成孩子过家家似的闹剧,变成一阵大笑或一场痛哭。他们之间若擦出激情的火花,那会显得很反常,甚至是乱伦的。是的,他能认清这一点(尽管他的认识未必恰如其分):想到这儿他有点鄙视她了。

可就在此时,她灵巧地钻过入口处拦着的绳子,向他打招呼。他赶紧走过去,脑子里只存着一个念头:她多可爱啊,在这浮华的人群里她简直是鹤立鸡群。她那朝四面绽开的头发有如褪色的菊花,花瓣稀松地垂在额头上;她的眼睛在精致而不加修饰的脸上特别显眼,不管在什么场合都给人聪慧过人和纯真活泼的印象。正是彼得劝告她不要化妆；也是他告诉她黑白搭配才最好，因为她独特的肤色不适合鲜亮的打扮。他感到欣慰，今天她穿着白色短外套和黑色斜纹长裙。当他跟着她走向一张餐桌时，长裙随着音乐摇摆。他边走边悄悄计算她引来多少人注目。

人们通常都会盯着她看。有些人是因为很想结识这个舞会上分外迷人的姑娘，有些人是因为知道她是格蕾迪·麦克尼尔——一个大人物的女儿。还有几双眼睛盯着她则出于一个不同的理由：她任性的气质和独特的魅力，使他们感觉将会有什么事情降临到她身上。

"你能猜出我上星期见到谁了吗，在波士顿的洛克奥伯餐厅？"他们刚在一棵闪闪烁烁的银白色玻璃纸树下就座，他就开口说道，"麦克尼尔，你还记得洛克奥伯餐厅吗？有一次我带你去那儿吃饭。当时你喜欢那个地方就因为在它的庭院里，有个帽子上挂着铃铛的男人弹班卓琴。好吧，我告诉你，我在那里碰到我们的老朋友史蒂夫·博尔顿了。"他并不是碰巧想起了这次偶遇，而是故意选择了这件事，他想要她回想起这段旧情的后果。通过回想，可能会使她对眼下这段情事产生怀疑。至于她对史蒂夫·博尔顿的感情究竟发展到什么程度，他也搞不清楚。"我们一起喝了一杯。"

格蕾迪说："史蒂夫！天哪，这已经有好些年了，不是吗？不，可能没那么久。可他在波士顿干什么呢？"她没有假装，她确实感兴趣。她爱过史蒂夫这件事并不像彼得想象的那样，会使她十分尴尬；而且她从不为此感到羞愧。不过她已经有好几个月不想史蒂夫了，如同那个夏天流行的歌曲，他这个人似乎也让人有了恍如隔世的感觉。

"要我猜的话，他去那儿可能是因为生意上的事情，或者一次老同学聚会，他会热衷于这种事情。你知道，我一直不喜欢他，可现在我没有什么理由这样做了：他样子非常憔悴，不再是过去的史蒂夫了。他说要是见到你的话给你带个好。"

"那珍妮特呢？珍妮特和那个孩子怎么样？"

彼得看到史蒂夫·博尔顿这个名字并没有在对方身上引发骚动，便对这个话题感到厌倦。可格蕾迪却很想知道答案，她发现自己真正感兴趣的是珍妮特。史蒂夫已在显微镜里充分显形了，而珍妮特的形象虽历历在目，细节却让人看不真切。她记起自己有意拖长珍妮特的痛苦的那个早晨，感到前所未有的自责。"也许他没有提到他们？"

"提到了，他当然提到了。他说他们都很好。这次有另一个女孩在场。他还给我看了一张照片：我真不理解这种举动，有什么好看的呢？不外乎就是傻乎乎的小鬼头的快照。令人反感。我希望你别有孩子。"

"上帝呀，为什么？我想要一个腿还站不直的小婴儿，给他洗澡，把他抱到亮的地方。"

他禁不住插话了："一个腿还站不直的小婴儿？亲爱的，你那位对此会怎么想？"

"你说谁呀？"

"请你原谅，尽管不知道那位先生的名字，"他说出了自己的想法，"我却要斗胆猜测一下，他是非常有名的人——现在说说吧，这不会是你不告诉我的原因吧？他是某种高智商的人，而且至少比你大二十岁：高度敏感、神经紧张的女孩总是会从父亲型的人那里领受傻乎乎的幸福。"

格蕾迪笑了起来，其实她不该笑，因为笑等于给对方丑化她的处境留下了余地。不过她倒是愿意让他拥有这个权利：今晚他帮了她一个忙，这是她得付出的一个小代价，很难解释清楚到底是帮了什么忙——无非是他知道了克莱德·曼泽尔的存在；因为他知道了这一点，便将克莱德的形象还原到现实尺寸。她将克莱德当作秘密隐藏了那么长时间，使他变成了隐约显现的影子，而不是真实的存在。让另一个人知道，就会冲淡整件事情的神秘色彩，同时减轻她本人害怕失去克莱德的担忧：克莱德终于成了实实在在的人，而不仅仅存在于她的头脑里。她的心思向他漂流而去，狂热地拥抱他的真实。

彼得自鸣得意地继续说："你不是非回答我不可，不过我没说错吧?"

"我不会告诉你的。如果说了,我就不会继续听你这套言论了。"

"你真的想听我这套言论吗?"

"不,事实上我不想听。"她嘴上这么说,心里却很想听:这样她便可以再感受一下秘密尚未泄露时的激动心情。

"就告诉我一件事。"彼得用一根搅酒棒戳自己的手掌,"你打算嫁给他吗?"

她听出他话中有话,并不是随便问问,于是有点不知所措,玩笑的语气也随之消失。"我不知道,"她说,话音中显露出不满,"难道非得总想着结婚?我敢肯定有些恋爱是不会有什么结果的。"

"你说得是。可谁不知道,恋爱和婚姻在大多数女人的脑子里,从来都是同样的意思?当然,极少有男人在不许诺婚姻的情形下得到爱情。假如爱情只是女人劈开大腿那么简单的事,那么几乎所有女人都会欣然从命而别无他求。亲爱的,认真回答我。"

"那我就认真一点,尽管显然你不是那种认真的人:我不知该如何回答,我真的没想过这个问题,叫我怎么回答?亲爱的,我们是来这儿跳舞的。我说得不对吗?"

一个摄影师在等候他们跳舞回来。很显然,他缺乏兴趣。他为翠竹俱乐部作宣传,是个噘着嘴的冒失家伙,戴珠宝的手正忙个不停，在餐桌上摆着欢庆的道具：一个冰香槟酒的木桶、一瓶鲜花、一个巨大的烟灰缸——上面俱乐部的标签厚颜无耻地抢镜。"没错，麦克尼尔小姐，只是照一小张相，你不介意吧？现在，不要盯着镜头，这样很好，互相对视：很甜蜜，真可爱，好得不能再好了！阿蒂，你在拍一张出色的照片，在捕捉年轻人的爱，这就是你正在做的事。哦，麦克尼尔小姐，我知道最好是——让别人来评价，连你的这位年轻人也说我干得不错！难道不是吗，年轻人？对了，你是何方贵人？请等一等，我要把你说的都记下来。沃尔特·惠特曼？但那不是那个特别老的或许已经死去的名人①吗？啊，我懂了，你是沃尔特·惠特曼二世，是诗人的孙子，对吗？好，这真太好了。谢谢你，麦克尼尔小姐，还要谢谢你，惠特曼先生，你们两个很甜蜜，真可爱。"他离开时没有忘记把鲜花、冰香槟酒的木桶和烟灰缸都带走。

彼得喝的威士忌终于起了作用：他的幽默感达到了肆无忌惮的地步；他决心要闹得更大一点：不幸的是有人给了他机会。一个灰头发的拘谨男人在女伴的唆使下，从旁边一张桌子侧过身子，怯怯地碰了碰彼得的胳膊。这个女人活像粉色的草莓，正小口小口地啜着白兰地。那男人说："对不起，我们很想知道你们是不是英国王室成员？我的

---

① 指美国著名诗人，著有《草叶集》。

朋友说因为他们给你们拍照，所以你们是英国王室成员。"

"不是的，"彼得说，脸上带着一丝微笑，"我们是美国王室成员。"

格蕾迪觉得他们不能再在那里停留了，再待下去就该跟人干架了，而彼得想留下就是期待发生这样的事情。他一面说他心里不是没有感到羞耻，一面将格蕾迪一直拉到舞池边，可他赖在那儿不走了。他坚持说他们该跳舞，还要求管弦乐队演奏他喜欢的歌曲《就这么一件事》。她提醒他，别再在她耳边唱那一句"就这么一次奇妙的飞翔"了。可过了一会儿，她跟他一起唱了起来。没完没了的鲜红的星星在天花板的圆圈上眨眼。顶灯照耀着她，旋转令她头晕，她飘浮着，仿佛进入一个空中避难所——那是一个声音，远远地从地面传到她这里：你听见了吗？我说你是王室成员？恍惚中，她觉得这是克莱德的声音，虽说听起来那么像彼得的。她旋转一周，头发像胜利的旗帜那样摇摆。直到突然间，音乐变得微弱，星星也变得暗淡，他们才停下来。

四

大约一个星期以后。"看门的给我的。"克莱德说着，拿出两份电报。可格蕾迪得先打开厨房的水龙头，把手上的蛋奶糊冲掉，才能把电报接过去。"我真想揍那家伙一拳，真是个傻帽！你该见见他看我的样子。还有那个开电梯的，活像个小妖精。我手痒痒，想给他点颜色看看。"她已经不是第一次听到这些抱怨了，不想搭理他，于是她问："亲爱的，黄油在哪儿？你买到我要的那种糖浆了吗？"她在做一顿非常晚的早餐，因为他们俩过了十一点才起床。最近几天停车场关门，老板的营业执照出了问题。昨天，他们叫上明克和他女朋友，一起开车到卡茨基尔山地①野餐。回来的路上，一个车轮爆胎，当时是凌晨两点，他们正要驶上乔治·华盛顿大桥。"没有你说的那种糖浆，我买了小木屋牌的，可以吗？"说着他在烤蛋奶饼的铁模旁边坐下，展开一份买回的小报。他读东西的时候，眉毛下垂，俨然像个学者，还伴随着咕哝声，逐个咬自己的指甲。"报纸上说，这个星期日在一九〇〇年以来七月最热的日子中排行第六，有超过一百万人去科尼岛避暑——你怎么看？"格蕾迪没什么想法，她回想起科尼岛岩石遍布的火辣辣的地面，他们在那里搜寻作战的昆虫，吃不加盐的煮得太老的鸡蛋。她擦干了手，找地方坐下打开电报。

实际上，其中一份是露西从巴黎发来的，这份海底电报占了两页纸，真是太奢侈了。内容如下：

---

① 纽约市附近的自然风景区。

安全到达可怕的航程因你爸忘带晚宴礼服我们只好在船舱里度过夜晚马上用航空寄来晚宴礼服把我的卷发棒也邮来别忘了关灯别在床上抽烟明天我约人谈你的礼服会送来样本你一切都好吗告诉赫米奥妮本苏桑把你七月和八月的星占寄给我不放心你爱你的妈妈

格蕾迪把电报折了几折，发出一声叹息。她母亲真的以为她会再去和赫米奥妮·本苏桑这种人打交道？本苏桑小姐是露西器重的占星家。

"喂，快点做蛋奶饼吧。广播要直播一场球赛。"

"碗橱里有一个收音机，"她嘴里说着话，眼睛却没有抬起来，仍旧盯着第二份电报上的字句，"你想听的话就打开吧。"

他轻轻碰了一下她的手："怎么啦？坏消息吗？"

"哦,不是的，"她笑着说，"只是一份相当傻的电报。"她大声念道："我的夜镜说你是神的而我的日镜说你是我的。"

"谁发的？"

"沃尔特·惠特曼二世。"

克莱德摆弄着收音机。"你不认识这个家伙吗？"他趁着调台的喧闹间隙问道。

"某种程度上。"

"一定是个喜欢搞笑的,要不然是个疯子?"

"有点疯吧。"她回答道,这是真心话:彼得在海军服役时,有一次他的船停靠在某个远东港口。他从那里给她寄来一杆吸鸦片的烟枪和十五件丝质和服。她留下了一件和服,将其余十四件捐献出来参加慈善拍卖活动。本来是慷慨的举动,却出了意外。有人发现和服上的图案实际上是玩弄人们视觉的花招:拿到一定的光线下面,这些图案就显了形,原来都是由可恶的下流话拼成的。麦克尼尔先生顿时处在了汹涌的抨击浪潮的中心。他撂下一句话:别听他们胡说,这些和服肯定会升值,他本人一点也不反对格蕾迪穿这么一件。事实上,她此时就穿着一件,尽管衣服的宽袖拖拖拉拉,站着搅蛋奶糊时,袖子老是讨厌地垂落到碗里。

她不肯承认她把一切都搞糟了。熏肉煎皱了,咖啡凉透了,这些都没有乱了她的阵脚,她把搅拌好的蛋奶糊倒进铁模,却忘记先在上面涂点油,嘴里还说:"我特别喜欢烹调,我觉得干这个时间花得值,又不需要动脑子。我在想要是你打算听球赛直播,我为什么不做个巧克力蛋糕呢?你觉得这个主意怎么样?"这时飘过来一股烟味,铁模里的东西烤煳了。二十分钟以后,她把铁模刮干净,不无自豪地乐呵呵宣布:"早饭做好了。"

克莱德坐下来查看盛在他盘里的东西,脸上露出苦笑。她问:"亲爱的,怎么啦?你找不到收音机里播球赛的台吗?"嗯,他找到了台,但比赛还没有开始。他希望她能把咖啡再热一下。"彼得讨厌棒球。"她说,这话没有来由,她只是刚好想到这个细节。这与克莱德正相反,克莱德好像把自己的嘴管得很严,而她则是头脑里出现什么说什么,才不管相不相干呢。"小心啊,"说着,她提来炉子上的咖啡壶,给他加了点咖啡,"这一次可要烫你的舌头了。"她经过时,他抓住她的手,轻轻地来回摇了摇。"谢谢你。"她低声说。"干吗谢我?"他问。"因为我很快乐。"她回答,甩开了他的手。"这真奇怪,"他说,"真奇怪你并不是时时刻刻都感到快乐。"他的手臂朝外挥动,这个动作立即令她产生了歉意,因为这表明——事实上是证明——他强烈地意识到她的优势地位,而她却不可理喻地从未觉出他心存怨恨。

"快乐是相对的。"她找了个最容易的回答。

"相对于什么呢?相对于钱吗?"这样的顶嘴似乎给他提了神。他伸展开身子,打了个哈欠,叫她给他点一支烟。

"你还要抽的话,就自己点吧。"她说,"因为做巧克力蛋糕我会非常忙。你可以去施拉夫特连锁店买点冰激凌:实在太美妙了,不是吗?"她把一本烹调书竖在面前,"这里有许多奇妙的做法,听听这个——"

他打断了她:"我刚想到,你曾对威妮弗蕾德说她可以在这里开派对,这是真的吗?她这种女孩会把你的话当真。"

他的话打乱了她的思路。什么派对?接着,一阵记忆的大雨把她淋个透湿。她想起威妮弗蕾德是个肤色发黑、身材魁梧健壮的姑娘,明克曾带上她去卡茨基尔山地野餐。威妮弗蕾德为这次野餐奉献的不只是一磅意大利香肠,还有将近两百磅咯咯傻笑的脂肪和肌肉,活像一头犀牛套着灯笼裤——她在林肯高中运动时光的遗留物——闯进了仙女的树林。她整个下午都与自然尽情地嬉戏玩耍,手里还汗淋淋地紧抓着一束雏菊不放。她说有人觉得她这么喜欢花很可笑,可坦率地说,她对别的东西的喜爱都无法跟她对花的喜爱相比,因为她就是这样一种人。

不过从某个不太明了的方面说,威妮弗蕾德也有着可称道之处。就像她那双西班牙猎犬般的眼睛,在她的放纵中有着一种温情;她对明克爱得很深,为他骄傲,无微不至地关心他。在格蕾迪认识的人当中,她觉得没有谁比明克更缺少吸引力了,而威妮弗蕾德的荒唐可笑也无人可比;但当他们两人在一起时,总有纯净的爱的光芒环绕四周:仿佛从他们平凡的外壳里,从他们庞大的未成形的自我中,有什么可贵的东西释放出来,构成了这美妙纯洁的形象,使她不由得产生敬意。克莱德似乎本来是想借他们发出警告：他所处的世界是多么不适合她格蕾迪，可现在他好像又因她喜欢他们而感到吃惊。汽车爆胎时，两个男人忙着修车，格蕾迪独自与威妮弗蕾德留在车里。威妮弗蕾德将她引入女性私密信任的洞穴，两人很快亲近起来。这种与另一个女孩互吐衷肠的情形，格蕾迪以前没碰到过几次。她们讲各自的故事。威妮弗蕾德的故事很悲伤：她是一个电话接线员，她喜欢这个工作，可她在家里的生活却很痛苦；她决定嫁给明克，于是想办个订婚派对，而她的家人却因为觉得明克微不足道，不允许在家里办派对。唉，她该怎么办，怎么办呢？于是格蕾迪就说：好了，不就是个派对吗？她干吗不借用麦克尼尔家的公寓办派对呢？威妮弗蕾德当即热泪滚滚。她说，这真是再好不过了。

"即便你是出于真心，"克莱德接着说，"我觉得这也不是个好主意：要是你父母听说了这事，我敢打赌代价肯定惨重。"

"你为我家里人操的哪门子心？"她说。她忽然想到他这是忌妒，不是忌妒她，而是忌妒明克和威妮弗蕾德，因为他似乎相信她已从他那一边收买了他们。"要是你不想办派对，那也没关系，我一点也不在乎。我当时提出那个建议，是因为我想你会为此感到高兴。说到底，他们是你的朋友，不是我的朋友。"

"你看，小妞——你清楚我们之间是怎么回事。所以不要把别的一大堆事情扯进来。"

她感到受了伤害,他的话使她心情很糟。她尽力保持沉默,把自己藏到了烹调书后面。她最想说的话是:他是一个懦夫——她知道只有懦夫才会采用这种战术。她对他强加于自己的沉默也已厌倦。他好像习惯了沉默,乐于接受这种状况,也许并不懂得至少在与他有关的事情上,她根本不会有什么负疚感。她心里很烦躁,烹调书上的食谱模糊不清,她在听他翻动报纸的沙沙声。他靠着椅背看报纸,突然身子往前一倾,椅子发出砰的一声。

"天哪!"他喊道,"这里有你的照片。"他把身体转了过去,这样她可以从他后面看到报纸。是她和彼得的照片,模糊,脏污。两人活像经过防腐处理的蛤蟆,在报纸上瞪大了眼睛。克莱德用手指点着上面的文字念道:"格蕾迪·麦克尼尔,金融家拉蒙特·麦克尼尔初入社交界的女儿,与她的未婚夫沃尔特·惠特曼二世,在翠竹俱乐部私密交谈。这位惠特曼先生是著名诗人的孙子。"

这简直太张狂了——她仿佛听到阿普尔这么说,但克莱德一句冷冰冰的评语便使她止住了笑:"就让人这么瞎闹吧。"

"亲爱的,解释起来太复杂了,"她一边说,一边擦着笑出来的眼泪,"反正这没什么的。"

他用手拍着那张照片说:"他不就是那个给你发电报

的家伙吗？"

"是也不是。"她都没有信心去解释了。可克莱德似乎并不在意。他眯起眼睛望着远处，吸了口烟，让烟慢慢从鼻子里冒出来。"这是真的吗？"他问，"你跟这个叫什么名字的家伙订婚了？"

"你应该很清楚的：当然没有。他只是一个老朋友，我们从小就认识。"

他皱着眉，心里想着事，手指在桌子上画了个圆，然后一圈又一圈顺着这个圆滑动。格蕾迪原以为这个话题到此为止了，可此时她发现事情还没有完呢。湿淋淋的圈在继续画着，画完了蒸发掉，不安的感觉随之加深，使她直起了身子。她俯视着他，期待他说话。但他仿佛拿不定主意该怎么说。

"我和彼得一起长大，我们——"

克莱德果断地清了清喉咙。"我猜你还不知道，我猜这是条新闻：我倒是已经订婚了。"

厨房里原来小得让人忽略的细节，在她眼里突然变得分外醒目：一只看不到的钟嗒嗒走着，温度计上的水银柱分外鲜红，瑞士窗帘上挂起了蜘蛛网，一滴水珠悬在水龙头上还没有落下。她想用这些细节编织成一堵可以藏身的墙，可这堵墙太脆弱了，像纸一样薄，无法隔绝克莱德的说话声。"我从德国给她寄了枚戒指。假如订婚指的就是这个。"他说，"我对你说过我是犹太人，反正我妈妈对丽贝卡喜欢得不得了。我不太了解她，也许丽贝卡是个好姑娘，我当兵的时候，她每天都给我写信。"

远远地传来电话铃声。格蕾迪从来没觉得有哪个电话比这个更重要。她不管厨房里就有分机，冲过迷宫般的仆人使用的区域，到了公寓尽头她自己的房间。是阿普尔从新汉普顿打来的。慢点说，格蕾迪对她说，因为从电话另一端传来的只是一串串气急败坏的词语。当听到阿普尔说"想毁掉这个家吗"，她才意识到她戏剧性地一口气说这么多话，与彼得·贝尔和那张照片有关。天哪，有人把报纸拿给她看了。通常，她会挂断电话；可此刻，连地板都不像是牢靠的东西了，她紧紧抓住姐姐的声音不放。她哄骗她，耐心解释，对方的责骂她通通接受。阿普尔的语气逐渐软了下来，到后来，她还把自己年幼的儿子叫到电话旁，要他说：你好，格蕾迪小姨，什么时候来看我们呀？当阿普尔接过这个话题，建议格蕾迪去她那儿，这个星期就待在新汉普顿时，格蕾迪一点都没有反对的意思：在她们打完电话时，已经定下来她明天早晨开车过去。

她的床边有一个布娃娃，一个朴素的女娃娃，已经有点褪色，乱蓬蓬的红头发用绳子缠了起来。她叫玛格丽特，今年十二岁，年龄可能更大一些，因为格蕾迪第一次见到她时，她躺在公园的长凳上，别的孩子把她丢弃在那里。

她的样子并不怎么吸引人。拿回家后,大家都说这娃娃和格蕾迪像极了,都那么瘦削、蓬乱,还有她们都是红头发。现在她抖开娃娃的头发,把皱巴巴的裙子拉直;以前有很多次玛格丽特给了她很大慰藉:哦,玛格丽特!格蕾迪开始给她梳理头发,但她的手很快就停住了,突然冒出的想法使她愣住了:玛格丽特的眼睛是用蓝纽扣做的,冷冰冰的,玛格丽特不再是以前的玛格丽特了。

她轻手轻脚穿过房间,到镜子前面抬起眼睛:格蕾迪也不再是以前的格蕾迪了。她不再是孩子了。以前她总是坚持说自己是孩子,把这当作一个非常理想的借口。比如,当她对彼得说自己从未想过是否会嫁给克莱德时,这是事实,但仅仅因为她觉得这是成年人才该遇到的问题。她认为婚姻离她还很远,要等到乏味暗淡、一本正经的生活开始后,她才会遇到婚姻问题,她认定自己的生活还没有开始呢。直到此时,看到自己在镜中显得灰暗而憔悴,她才意识到自己的生活已经走了很长一段路了。

在这很长的一段路上,克莱德扮演了过分重要的角色:她希望他死掉算了。她真该像那位红心王后,一直叫叫嚷嚷要砍掉别人的头。[①] 这只不过是她的幻想,因为克莱德没犯什么罪,是不会被砍头的:他订了婚并不犯法,他完

[①] 《爱丽丝漫游仙境》中有位红心王后,一生气就尖声叫嚷:"砍掉他们的头!"

全有权利这样做。其实,她并没想过要对他提出任何要求,什么要求她都不能提,因为尽管她不承认,她内心早有预感,这种短暂的感觉警告说他不可能在她未来的现实生活中担当角色——事实上,几乎正是由于这个原因,她才选择了爱他:他注定是——也许一直是——去年的火光,映照很快便要落下的大雪。在离开镜子前,她领悟到天有不测风云这个道理,感觉温度骤降,雪花就要飘落下来。

她的情绪像跷跷板一样上下起伏,忽而恼怒,忽而自怜。她所能进行的反击十分有限,她存下来用以对付他的东西并不多。其中主要就是她在车里找到的小粉盒。她动作相当夸张地从写字台抽屉里取出它:从今以后,他还是带丽贝卡去搭乘电车吧。

厨房里的棒球直播时而静寂,时而喧闹。克莱德咬着指甲,俯身朝着收音机,可当她走进来时,他的目光赶紧转向一边。她停了停,心里寻思是否真的要这么做。但只是短暂的犹豫,她还是做了:她将小粉盒放在他旁边。"我想你的朋友可能愿意拿回这东西。一定是她的吧,我在车里找到的。"

他连脖子都一下子羞得通红,可等他将小粉盒塞进口袋,他的全身变得像一块铁板,又硬又冷。他用沙哑、低沉的声音说:"谢谢,格蕾迪。她正在找这东西。"

克莱德脑袋里仿佛有个电风扇在旋转，声音急促、狂热，呼呼地盖过了体育播音员的声音，使后者变成低沉的嗡嗡声。他的手在口袋里摸到了小粉盒，并紧紧握住。啪！它被捏碎了，粉盒里小镜子的碎片戳破了他的手掌，血流了出来。

捏碎了小粉盒，他很难过，因为它属于一个他所爱的人——他的妹妹安妮。

四月，他与格蕾迪刚认识。她的别克车出现了线路故障，他只靠自己无法修好。于是他把车送到布鲁克林，找他在汽车修理厂工作的朋友冈普，让他帮着修修。安妮几乎整天都泡在汽车修理厂里。她发育不全，干巴巴的，已经十九岁了，可看上去也就十岁或十一岁，在汽车方面她和男人懂得一样多。她在家里收藏了一大摞有她个子那么高的剪贴簿，里面的内容只有一个，那就是她的梦想——自己设计超高速汽车和星际航天飞机。这是她毕生都在做的事情，也是她拥有的全部学问。她三岁时患上了心脏病，也就失去了上学的机会。尽管全家人作了不少努力，却没有一个人能教她读写，她对这方面的帮助一概断然拒绝，挑战似的只关心自己感兴趣的东西——汽车引擎和星际空间飞行器。他们家里有一条不成文的约定：谁都不准对安妮提高嗓门说话。除了克莱德，其他人在对她表示关心时总显得过分夸张，好像她将不久于人世。克莱德不能想象她会早早离世；对他而言，要是没有她谈论汽车和修车工具，没有她听到飞机轰鸣和看到一辆新车时惊喜地大呼小叫，家就不成其为家了。他待她自然、坚定，她则用敬慕来回报他："克莱德，我们是兄弟，不是吗？"她这样来表述他们之间的亲密关系。他不觉得有这么个妹妹是丢脸的事情。家里其他人或多或少有丢脸的感觉。他妹妹艾达特别不满家里人允许安妮整天泡在修理厂。她说："我妹妹穿得邋里邋遢，跟这个地方什么乱七八糟的家伙勾勾搭搭，别人会怎么想我呢？"克莱德却郑重其事地回答："那些乱七八糟的家伙都很迷恋安妮，他们是安妮真正的朋友。"不过，安妮的穿着实在让人看不下去。她直到十七岁都还穿着从奥尔巴克儿童部买来的童装。后来，就在一天里，她给自己买了一双三英寸的高跟鞋、一两件花里胡哨的衣服、一副假胸、一个小粉盒和一瓶珍珠色指甲油。她一身新打扮招摇过市，模样就像化装舞会上的小女孩。陌生人见了都笑她。克莱德把一个笑她的人揍了一顿。他叫她别去管艾达和别人，想穿什么就穿什么。她告诉他，她自己不在乎穿什么衣服，可为了冈普她想打扮得漂漂亮亮。她口无遮拦地向冈普求了婚，冈普非常善意地向她表示，假如他要和谁结婚，这个人会是安妮。因为这件事，克莱德把冈普看成自己最好的朋友。冈普玩牌时耍花招，他也从不抱怨。那天，他开着格蕾迪的车去布鲁克林的修理厂，安妮也在那里。她穿着高跟鞋，头发里插着一把水晶梳子，正在帮冈普查找一辆车的杂音出自何处。天上有一道春天的彩虹。既有彩虹，又有一辆亮闪闪的蓝色折篷汽车，这让安妮激动不已。她求克莱德开这辆车带她出去兜兜风，她说："开着这样一辆车，你就能在彩虹消失前追上它的尾巴。"于是他开车带着她跑遍了周围地区，还经过一所学校，放学的孩子正从里面涌出来。安妮说："连年龄最小的学生都比我有知识，但他们谁也没坐过这么豪华的汽车。"她像麻雀似的栖息在高处，两条腿不停摇摆。她向每一个人挥手，仿佛她是一次大游行中的重要人物。当他把车停在家门口让她下车时，她在路边亲了他一下。他觉得他一生中从未见过比她更漂亮的女孩。仅仅几分钟以后，她急匆匆跑着上楼梯，身子忽然向后倒，摔了下去。艾达说这是上帝发慈悲了。当时只有艾达在家，她赶到安妮身边时，她已经死了。

克莱德回想着过去。在艾达、妈妈及伯尼和克利丝特尔尽可能表现出怜悯、保持着丧葬的悲痛的日子里，他没有回家，在外面跟格蕾迪共度美好时光。他不愿对格蕾迪这么一个疯女孩谈安妮的事情。他在军队里勾搭过许多女孩，有时没有别的只是说说话，这样也很不错，因为你对她们说什么都没关系，萍水相逢而已，说假话说真话都行，你想装出什么样子就装出什么样子。在停车场第一次见到格蕾迪的那个上午，还有以后几次她在那里出现的时候，他认定他们之间有戏，她的样子很像他交往过的一个在火车上认识的女孩。他心想管它呢，碰上什么是什么。于是他提出要跟她约会。后来她把他完全搞糊涂了：她在某些方面比他走得更远，大大超出了他的预期。他把她称作"疯女孩"，他很清楚这么叫并不很合适，但因为搞不清她到底是怎么回事，他也想不出另一个称号。他只有后退才能保持微乎其微的地位：她变得越重要，他就越抑制着不让这一点显现出来。否则，上帝呀，要是她把他甩了，他该怎么办？这也是早晚的事。假如他的想法不是这样，他也许会让对方像她所希望的那样了解自己，可他的生活前景无外乎地铁啦，丽贝卡啦，接受这种前景意味着不能对格蕾迪这样的女孩太认真。要做到这一点太难了，而且越来越难。那次野餐，他枕在她腿上睡了一会儿，梦中有人说死去的不是安妮，而是格蕾迪。醒来时，他看到她脸周围有一圈阳光的光环，全身顿时感受到一股冲击：要是他明白缘由，假装冷漠的骗局当时就会暴露无遗。

他把口袋里小粉盒的碎片掏出来扔进了垃圾桶。他说不清格蕾迪是否注意到了，因为只要他一有动静，她就把脸转到一边，好像害怕与他目光接触，或怕他碰她。她恍恍惚惚、笨手笨脚地自顾自准备做蛋糕的配料；但在她想把蛋黄和蛋清分开时，蛋黄掉进了盛蛋清的碗里。她站在那儿，直愣愣地望着自己犯的错误，好似面对无法逾越的绝境。克莱德看着她，心生怜悯。他想走过去做给她看，把蛋黄分离出来是多么容易的事情。可此时，收音机里传出一阵狂呼乱喊——有人击出了本垒打，他等着听是哪个球员。但他还是没法把注意力集中在比赛上，于是气冲冲地关掉了收音机。提起棒球，他能从心里唤起的只有苦涩。他想起了过去的成绩、没有兑现的承诺和烟消云散的梦想。好多年以前，克莱德·曼泽尔将成为冠军队队员似乎是确定无疑的事情，人人都称赞他是沙地联赛的最佳投手。在一场没给对方一次击中机会的比赛之后，高中乐队在前面开道，一群人簇拥着他，用肩膀抬着他离开比赛现场。他哭了，他妈妈也哭了。不过他妈妈的眼泪不只是为自豪而流，她确信克莱德被毁了，他永远也不会去实践她为他筹划好的当律师的计划了。奇怪的是，他突然走了霉运。有眼力的球探并没有找上门来，也没有大学提出要给他奖学金。他在军队里打了一阵球，但没有谁特别注意到他。现在他得让别人哄着才会参加接球游戏，他很遗憾在整个布鲁克林竟听不到球棒击中来球的脆响。他只好另选职业，决意去当试飞员。因此，参军之后他申请参加空军训练，但受教育程度不够成为他申请遭拒的理由。可怜的安妮，她叫艾达坐在身边，按照她的口述写了一封信："亲爱的哥哥，让他们去跳湖吧。他们是笨蛋。你将是驾驶我设计的宇宙飞船的第一人。有朝一日，我们会登上月球。"艾达加了一句附言，内容挺实际："你最好考虑一下艾尔叔叔的建议。"艾尔叔叔在阿克伦开了一家不大的皮箱工厂，他不止一次提出让自己哥哥的儿子去他工厂工作。这个建议曾引起克莱德这位棒球冠军的不快。但从军队退役之后，又过了个把月白天睡觉、晚上游荡的颠三倒四的日子，一天早晨他发现自己坐上了开往阿克伦的长途汽车。还未到达阿克伦，他就已经恨这个城市了。不过那时候，除了纽约，别的地方他差不多都恨。不管时间长短，只要离开纽约他就垂头丧气。去别的地方似乎都是浪费时间，都像是从奔流不息的干流到了单调凝滞的支流。阿克伦的生活实际上并非这么乏味。他喜欢自己的工作，拥有一定的权力足以让他感到满足。他有四个下属，他们对他毕恭毕敬。艾尔叔叔说："孩子，我们一起干出点名堂来。"一切似乎都很顺利，只有贝蕾尼丝是个例外。贝蕾尼丝是艾尔叔叔唯一的孩子，是个早熟、被宠坏的女孩，长了一双狂热的猫一样的蓝眼睛，还有一定的歇斯底里的倾向。她可不是天真无邪，显然从一开始她就盘算好了，不到一星期就果断地主动表示了。克莱德住在艾尔叔叔家，一天吃晚饭时，他感觉她的脚在餐桌下碰他。她脱掉了鞋，那温暖光滑的脚在他腿上蹭来蹭去，这使他无法自持，连刀叉都握不住。这个事件令他羞愧极了：竟然被这么一个似乎不太正常、让人害怕的小女孩挑起了性欲。他想搬到阿克伦市中心的基督教青年会去住，但艾尔叔叔不同意："孩子，我们喜欢你住在家里。"原因只是有一天晚上贝蕾尼丝对他说，自从克莱德表哥来这儿住，她感觉快乐多了。此后的一天，他洗完淋浴正在擦干身体，忽然看见浴室的钥匙孔后面有一只浅蓝色的眼睛在闪动。不会搞错的，是她的眼睛。他积在内心的怒火全都爆发了出来。他用浴巾将自己裹住，然后猛地推开门。贝蕾尼丝退到角落里，来不及躲闪。他嘴里倾泻出军队里学会的骂人脏话。她一声不吭，愧疚地站在那里。等他回过神来已经太迟了，在楼梯上面，艾尔叔叔的妻子全都听见了。她轻声问道："你为什么要这样对一个孩子说话？"他没有花时间回答她的问题，赶紧穿上衣服，把自己的东西塞进包里，走出了那个家。两天以后他回到了纽约。艾达说，他不喜欢皮箱生意真是可惜。

能量像躁动的蚂蚁一样在他的肌肉里爬行，激起他要做点什么的渴求。他受够了自己，受够了格蕾迪沉闷的深思。这种沉闷跟他母亲特别擅长制造的持久的悲伤气氛可以一比，令他情绪沮丧。青春期时，他有一种偷东西的强烈冲动，因为蕴藏其中的危险一度是他对抗厌烦情绪的最有效方式。在军队服役时，出于类似的原因，他曾偷过一把电动剃须刀。此时，他感到要做这类事情的冲动。"我们离开这该死的地方吧，"他吼道，接着，他放低了声音，"洛思剧院正在上演鲍勃·霍普①的电影。"格蕾迪把叉子戳进失手掉进碗里的蛋黄。"还是出去为好。"她说。

走在列克星敦大道上让人昏昏欲睡，他们又刚从有空调的剧院出来，这种感觉便尤其强烈。每走一步都感觉污浊的热浪张着大嘴喷到他们脸上。暮色降临的天空没有星星，就像罩着棺材盖。大街上散布着乱糟糟的报摊，弥漫着闪烁的霓虹灯和苍蝇般的嗡嗡声，看过去有如一具僵卧在那里的拉长的尸体。路面上流淌着五彩电光；行人染上了这些湿乎乎的亮光，颜色像蜥蜴那样变来变去。格蕾迪的嘴唇变绿了，然后变紫。谋杀！一帮人在路灯下被热气蒸着等公共汽车，他们都埋头看小报，死盯着报纸上年轻杀手的眼睛。克莱德也买了份报纸。

格蕾迪从未在纽约度夏，这样一个夜晚令她感到非常陌生。炎热的天气掀开了城市的头盖骨，暴露出它白花花的脑子和如灯泡里的钨丝一样咝咝响动的神经。从中散发出一种人所不知的酸味，让石头都变得有血有肉，缠结、搏动。对于城市施魔法般变出的这种加速的绝望，格蕾迪不算陌生，因为她在百老汇已见识了它的各种要素。只不过有些东西原来是间接感受的，换句话说，她不曾加入其

---

① 美国喜剧演员。

中。但此时她已无法旁观:她是其中的一分子。

她停下来拉直滑进鞋里的袜子。她决定在那里等上片刻,看看克莱德得过多长时间才会发现把她落在后面了。拐角有家露天店铺,人行道被装饰成了迷人的花园:用水果搭成喷泉,大太阳伞下面布置着鲜花。克莱德在那儿站了片刻,转身快步来迎她。她想催促他穿过那些街道,好一起躲进公寓的阴凉里。可他却说:"到街对面去,在那家药店门口等我。"

他绷紧的脸上显出古怪的紧张神情。看到他这般神色,她也就不问为什么要她等在那儿了。她只能从街上车流的短暂间歇中,捕捉到对面他的身影;眼下她看见他在那家水果花卉店前转来转去。也就在此时,她认出朝她走过来的女孩是她在里斯黛尔小姐班上的同学;她于是转过身去,看药店灯火通明的橱窗,打量里面陈列的运动员代言人的照片。一阵轰鸣声从地底下传出,她全身都震颤起来,原来她站在了地铁通风口上面。从脚下洞口的深处,她能听到铁轮子尖利的嘎吱声,接着,更近处传来一阵更加刺耳的喧嚣:喇叭狂吼,挡泥板碰撞,轮胎倾斜!她匆忙转过身,看见有个司机正对着克莱德咒骂。克莱德不顾交通规则,迈着大步用最快的速度穿过了大街。

他抓住她的手,拉着她就跑,一直跑进一条树荫浓密的僻静街道。他们倚靠在一起,喘着气。他将一束紫罗兰递到她手里。她心里明白——仿佛是亲眼目睹,这束花是偷来的。紫罗兰浓绿的叶脉是夏日树荫的缩影,她把面颊贴上去,挤压着这一束清凉。

她回家后给阿普尔打电话,说她不去新汉普顿了。她改了去向,与克莱德一起驾车前往新泽西的雷德班克,凌晨两点他们在那里结了婚。

五

克莱德的妈妈肤色青灰,身材臃肿,神态疲惫而沮丧,一看便知是把自己的一生都献给了别人的那类人。她的话音里偶尔会流露出经年的哀怨,暗示自己对这种生活的悔恨。"行行好,行行好,我求你了,别太放肆了。"她这么说着,指尖碰着自己的额头。她的头发梳成肋骨状,活像一块洗衣板,贴着头皮用几把小梳子紧紧固定,形成一道道露出银色锯齿的波浪。"伯尼,亲爱的,照艾达说的做,别在屋子里拍球。听妈妈的话到厨房里去,帮你哥哥修理冰箱。"

"别推人!"

"推他?"艾达说,她刚才推了伯尼一把,"我要给这小傻瓜一点厉害瞧瞧。我告诉你,伯尼,你再在屋子里拍球，我就打断你的腿。"

曼泽尔夫人听到这话，又重复了一遍她刚才的恳求。她的耳朵上挂着黑玉珠，当她晃动脑袋、发出一声含糊不清的感叹时，这些珠子就像铃铛一样摇摆。她身边的桌子上有一小盆仙人球，她在给仙人球周围填塞泥土。格蕾迪坐在桌子对面，注意到这已是女主人第九次或第十次重复这个动作了。由此推断，曼泽尔夫人也跟自己一样感到很不自在。这个推断在某种程度上有助于她放松自己。

"我亲爱的女士，你理解的吧？哦，我看到你笑了，点了头。可这是不可能的：你在家里没有兄弟。"

格蕾迪说："没有，事实上我只有一个姐姐。"她的手伸进皮包想找一根香烟，但四周不见烟灰缸，她怀疑曼泽尔夫人不允许在这里抽烟，便收回了手。她很惶惑：天哪，该怎么应付呀，我全身上下每一个部位都显得如此笨拙。这都得怪艾达，在这几个小时里，她遭遇了艾达细而又细的打量，仿佛她是针织的花边。

"只有一个姐姐？太不像话了。但我希望你会有儿子。没有儿子的女人就没有地位，不会受人尊敬。"

"好吧，别嫌我多嘴。"艾达说，她是个身板挺直、怀恨在心的女孩，有一头鬈发，脸色灰黄，神情气恼，"男孩很可恶，男人也是。要我说，男的越少越好。"

"艾达，亲爱的，你说的什么傻话。"她妈妈说着，把盆栽仙人球搬到窗台上，这样，布鲁克林的阳光便凄凉地落在了仙人球上，"你这样就把话说绝了，亲爱的艾达，你需要增加活力。也许你最好也像明妮家的女孩去年那样在山里待一阵。"

"她可没去什么山里。相信我，我听到了关于她的传闻。"

曼泽尔夫人与她的大儿子，彼此复制对方的品性和特征，达到了不同寻常的程度。其中包括不惹人注意的用意含糊的似笑非笑、咄咄逼人的眼神，以及说话时词语间的缓慢停顿。格蕾迪敏锐地辨认出这些翻版的特点，同时也看到这些特点所造成的不同效果。"男人就是一切，精妙的一切。"她说，根本不理会女儿脸上显露的不满。这一点也与克莱德非常相像，克莱德想不理会什么就能不理会什么。"男人骨子里还是孩子，离不开妈妈的保护和信赖。拿伯尼来说，可爱的孩子，对妈妈真好，一个天使。克莱德也曾经这样待我。真是天使。他要是有一块银河牌糖果，就非要分给妈妈一半不可。我非常喜欢银河牌糖果。可现在，男孩长大了，变了，他们不再那么挂念妈妈了。"

"看看，现在你说的和我说的是一回事：男人都忘恩负义。"

"艾达，亲爱的，拜托了，我抱怨了吗？孩子爱妈妈不会像妈妈爱孩子那样，这没什么的。这部分是因为，妈妈爱孩子的方式会让孩子感到不好意思。而当男孩长成了男人，他的时间会花在别的女士身上，这也没什么的。"

她们安静下来了，气氛并没有因此而显得紧张，就像新认识的人之间找不到话说时一样。格蕾迪想到自己的母亲，想到她们之间颇为复杂的情感，那些爱的表现真的可信吗？怀疑这些是不是不可原谅？她一向排斥那些爱的时刻。当她思考有什么机会去弥补这些时，她看不出存在这样的机会，因为只有孩子才会这样做，而那个孩子，如同机会本身，已经消失了。

"唉，还有比老太婆唠叨个没完更令人讨厌的吗？多嘴的老太婆呀！"曼泽尔夫人叹息一声。她注视着格蕾迪：那神情不是在问"为什么我儿子要跟你结婚"，因为她还不知道他们已经结婚，而是在问"为什么我儿子要爱上这个女孩"。任何当母亲的都想问这个深层问题，格蕾迪可以从她的目光中读出来。"你彬彬有礼地听我说话。但现在我收起了舌头，我想听你说。"

在格蕾迪的想象中，拜访布鲁克林时自己是隐身的见证人，不受注意地游荡在克莱德生活的区域中。她花了一个小时乘地铁到达那里，等到了他家门前她才意识到这种想象是多么脱离现实，她将像其他人一样被展示出来：你是谁？你有什么要说？这不是蛮不讲理，这是曼泽尔夫人应该问的。既已遭遇这种挑战，格蕾迪只好硬着头皮往前走。"我在想——我可以肯定您错了——关于克莱德,"她结结巴巴说着,就近抓了个话题,"克莱德对您可忠实了。"

她马上意识到自己的话很唐突,而艾达用近乎傲慢的目光看了她一眼,不失时机地正告她:"妈妈所有的孩子都对她很忠实,在这方面她运气好得不行。"

一个外人鲁莽地评说别人家的成员是否忠实,换来的必定是谴责。格蕾迪对艾达的话表现出大度,暗示她并不知道这一点。姓曼泽尔的这些人确实是一家人:他们房子里陈腐的气味和破旧的家具,表明他们拥有共同的生活,他们融为一体,任何吵闹都无法将之打破。这种生活、这些房间属于他们,他们属于彼此。克莱德与他的家人,比他自己知道的要更密不可分。从这个意义上说,格蕾迪缺乏对家庭的感觉,在她看来,这是一种陌生的、温暖的、几乎具有异国情调的气氛。但是,她不会为自己选择这样一种气氛——让人透不过气的、不可逃避的与他人关系亲密的压力,不用多久就会将她的精力耗尽。她需要的是冰冷、专属,是个人化的风尚。她不怕这么说:我富有,钱是我站立的岛屿;因为她正确地评估出这个岛屿的价值,知道它的土壤容纳了她的根;有钱,她就可以随心所欲地用一个去替换另一个,不管是房子、家具,还是人。如果说曼泽尔一家对生活有不同的理解,那是因为他们没见识过这些利益:抚恤金对他们的生活至关重要,毫无疑问,对他们来说，生与死的节拍是由小得多却更为紧凑的鼓点敲打出来的。这是不一样的生活方式，至少她是这么看的。不过，说到底，人都有所归属——连翱翔的猎鹰都得回到主人的手腕上。

曼泽尔夫人对她笑了笑，而后静静地用讲故事一般循循善诱、富有感情的语气说："我还是个小女孩时，住在大山旁边的一个小城里。山顶积雪，山下是一条清清的河流，你能想象出来吗？现在听听，告诉我你能否听到钟声。十来个钟楼，总是敲呀敲。"

格蕾迪说："我能想象出来。"确实如此。艾达不耐烦地问："妈妈，是关于鸟的事情吗？"

"到过那里的外地人称那里为鸟之城。千真万确呀。到了傍晚，暮色刚刚降临，一群群鸟在天上飞翔，有时可能都看不到月亮升起：别的地方见不到这么多的鸟。可一到冬天情况就糟了，早晨冷得你得敲开冰才有水洗脸。在这样的早晨，你会看到一幅悲伤的情景：到处都铺满了羽毛——那是冻僵了落到地上的鸟。我爸爸的工作就是把它们像枯树叶那样扫成堆，然后扔进火里烧掉。但有时他也会带几只回家。妈妈和家里其他人看护它们，直到它们硬朗起来能够飞走为止。那些鸟就在我们最爱它们的时候飞走了。哦，就像孩子。你明白我的意思吗？等到下一个冬天来临，我们再看见冻僵的鸟，心里就想其中总会有一只是去年冬天我们救过的。"情感的火花在她的嗓音里摇曳着暗淡下去,她从回想中退了出来,颤抖着吸了一口气,"就在我们最爱它们的时候。千真万确呀。"

此时她伸手去碰格蕾迪的手,说:"我可以问你的年龄吗?"

催眠师般的手指已经不知不觉凑到她眼前:她要保持警醒,从珍爱之物被另一个冬天残杀、在颤动的火焰中焚烧的睡梦中挣脱出来。她眨眨眼说:"十八岁。"不,还没到呢,好几个星期后才是她的生日,差不多还有整整两个月的时间,鲜亮、未被切割,像一块樱桃馅饼或一簇花朵。突然她想更正一下:"实际上是十七岁,要到十月我才满十八岁。"

"十七岁,这个年龄我已经结婚了。十八岁,我当艾达的妈妈了。应该这样的,年轻人得趁早结婚。男人随后得忙于工作了。"她的声音充满激情;说这些似乎不必这么动感情。不过,这种激情很快就消失了,留下忧郁的声调:"克莱德会结婚的,我不用为他担心。"

艾达咯咯笑了起来。"你不担心的话,克莱德可就……我的意思是,他自己担心着呢。上午我在 A&P 超市见到贝基①了,她正发火呢。我于是问:'宝贝,为什么苦恼呀?'她说:'艾达,告诉你那个哥哥他不会有好果子吃的。'"

---

① 丽贝卡的昵称。

格蕾迪仿佛突然被送到了一个严酷的、有伤害性的高度。她等着,耳朵里嗡嗡响,不知道该从哪里下来。

"丽贝卡生气了?"曼泽尔夫人问,听得出来她并不怎么关心,"艾达,为什么在这个时候?"

艾达耸了耸肩膀:"我怎么知道?我怎么会知道他们两个之间发生的事情?反正我对她说,她今天应该来我们家。"

"艾达!"

"妈妈,你干吗叫'艾达'?今天谁来都有足够的饭菜吃。"

"天哪,真该去换一个新冰箱;再坏的话,谁也修不好了。"说话的是克莱德,谁也没注意到他走进来。他站在门边,浑身上下满是油污,手里拿着一条磨坏的弗瑞吉戴尔牌皮带。"你看,妈妈,你还是让克利丝特尔接着收拾吧,你知道四点钟我要回去工作。"克利丝特尔就在他身后,赶紧过来为自己辩护:"我问你,妈妈,你把我想成什么了?一匹马?一只章鱼?我已经在厨房里待了一整天了,你们倒是在凉快地方闲荡。伯尼插手进来快把我逼疯了,克莱德修冰箱把地上摊得到处都是东西。"曼泽尔夫人举起手,立时制止了众人的埋怨,她确实知道如何对付他们:"现在快点吧,我亲爱的克利丝特尔,我会去厨房亲自动手。克莱德,把自己洗干净;艾达,你去摆桌子。"

别人都去忙了，克莱德拖拖拉拉留下来。远看他就像一尊暗淡的雕像；衬衫汗湿，似一块薄大理石板粘贴在身上。好些日子以前，在四月里，格蕾迪曾在心里为他拍出一张照片，是一幅高清晰度的肖像照，有如白纸上的剪影那么突出。她一个人的时候，经常在孤寂的深夜，让这幅照片在头脑里显现，这个令人陶醉的形象让她的血液低语起来。此时，当他走近，她闭上眼睛，退回到那个可爱的形象，因为正在向她逼近的她的丈夫，似乎是一个变形，是另一个人。

"你没事吧？"他问。

"为什么我该有事呢？"

"哦？"他用那根弗瑞吉戴尔牌皮带拍了一下大腿，"哎，别忘了，是你要来的。"

"克莱德，我好好想过了。我想我们最好告诉他们。"

"我不能这样做。宝贝，你心里明白极了，我还不能这样做。"

"可克莱德，有些事，我——"

"小妞，别紧张。"

有那么几分钟，就像一股流动的有形物质，他那股酸溜溜、甜丝丝的汗味在空气中停留，但一阵微风吹过房间，便将他和汗味都带走了。于是她睁开眼睛，房间里只剩她一个人。她在窗户前站住，把身子靠在旧暖气片上。街上有人滑旱冰，摩擦出尖厉刺耳的声音，很像粉笔在黑板上发出的尖叫。一辆棕色轿车平稳开过，收音机里大声播着国歌。两个女孩带着泳衣沿着人行道轻快地走着。曼泽尔家的房子里外都简陋得很。一道矮小的树篱将房子与人行道隔开。这个街区有十五幢房屋，虽说不是一模一样，还是多少有些相像之处，比如摸上去粗糙扎手的拉毛水泥，还有颜色很红的砖墙。同样，曼泽尔夫人家的陈设看上去也毫无个性：椅子不少，灯盏也够数，物件有点显得过多。不过，只有这些物件反映出这里的某种基调：两座侧面已开裂的佛像，下面垫着三册一套的书；在壁炉台上，几个手里提着酒壶的醉醺醺的爱尔兰人在嬉笑着跳舞；一个用粉红色蜡制作的印第安少女，带着讨人喜欢的微笑不停地跟米老鼠调情，玩偶大小的米老鼠在收音机上自顾自咧着嘴笑；一群布做的小丑像滑稽的天使，从一个架子的高处向下俯视。以上便是她走进的房子、她面前的街道和她所在的房间，而曼泽尔夫人曾在鸟之城的清清河流和积雪山顶之间生活过。

伯尼舌头发着颤音，头上悬着一架模型飞机溜进了房间。他是个嘀嘀咕咕、面色苍白的倔强男孩，膝盖上因受伤裹着绷带，理了个光头，眼睛里闪动着放肆的目光。"艾达说我该过来和你说说话。"他一边说一边一阵风似的在房间里转圈，活像从地狱里飞来的蝙蝠。格蕾迪心想：没错,艾达会这样做。"她摔了我妈最喜爱的盘子,盘子没有碎,但克利丝特尔把肉烧煳了,克莱德让冰箱发大水了,反正为这些事我妈是气疯了。"他倒在地上,翻来覆去,仿佛有人在挠他痒,"只是不知道,为什么她一说到贝基也光火?"

格蕾迪想打听又感到有点不道德,不安地用手抚平自己的衬衣,终于她屈从于自己的冲动,问道:"我不知道呀,你妈真生气啦?"

"我很想告诉你怎么回事,在我看来只不过有点奇怪,仅此而已。"他用手指弹了弹模型飞机的螺旋桨,然后说,"艾达说克利丝特尔用话激她,可这听起来很奇怪,因为贝基来我家从不需要别人用话激她。假如这是我一个人的家,我会叫她别来。她不喜欢我。"

"多么漂亮的小飞机!是你自己做的吗?"格蕾迪突然说道,因为厅里传来令她紧张的脚步声。她确实喜欢这架飞机,它很不同寻常,纤细的骨架和精致的纸翼反映出制作者东方人似的细心。

他自豪地指着一个人造革的框子,里面有好几张放在一起的柯达照片。"你看到她了?是她做的。她叫安妮。她做了成千上万的飞机,什么样的都有。"

这个身材矮小、样子怪怪的女孩,格蕾迪把她想成伯尼的玩伴,并没有十分注意,因为,女孩的左边有一张克莱德的照片。克莱德一身军人打扮显得很帅气，他的胳膊亲热地搂着一个姑娘的腰，其长相难以清楚辨认，但隐约可以感觉她是个漂亮姑娘。她穿的裙子太短了，上衣胸部又太宽大了，她手持一面美国国旗。格蕾迪看到这张照片，心里一阵发冷，当一个人身处初次发生的某个情境中，却感觉一切都曾原原本本地发生过时，便会有这样的反应：如果说我们了解过去，生活在现在，那么梦见未来也是可能的？因为她正是在梦中见过他们俩——克莱德和这个姑娘，挎着胳膊奔跑，而她自己站在自动扶梯上，怀着无声的抗议，从他们身边匆匆经过，远去。那么，这注定要发生了；她将在大白天遭遇这一幕。正这么想着，她听到了艾达的说话声，那声音就像一棵倾倒的大树落到她身上，它的重量使她动弹不得，她不由在椅子里缩紧了身子。"这些照片都是我拍的，我特别喜欢拍照。拍得不错吧？克莱德那一张。那是他刚参军的时候，他们派他去南卡罗来纳，于是贝基要我和她一起乘火车去，发生了许多可笑的事情。就在那里我遇见了菲尔，就是穿游泳裤的那个。我现在跟他吹了，在他离开军队的头一年，我们订了婚，他带我去跳了三十六次舞，像'钻石马蹄'舞厅和所有这样的地方，我们都去过。"每张照片都与一段往事联系着，艾达详细地述说这些往事，与此同时，作为背景音乐，伯尼在一部老式留声机上放着牛仔歌曲。

为了应对几乎不会发生的危机，不知多少精力被损耗了：可谓是移山之力；但或许正是这种损耗，这种对绝不会发生的事情的苦苦等待，给了人心理准备，使人能够以阴险的平静心情去接受那头终于出现在视野中的猛兽：格蕾迪怀着逆来顺受的心态听到了门铃声，这个声音的响起倒使在场的其他人为之一惊，就像被针头刺了一下（克莱德不在其列，他正在楼上洗手）。尽管此时有充分的理由一走了之，但她决意要让自己有个好的表现。因此当艾达说"是她来了"，格蕾迪只是抬头去看那群小丑天使，偷偷朝他们吐了吐舌头。

六

第二天，也就是星期一，标志着令人难忘的热浪侵袭的开始。尽管早晨的报纸还只是预报天气晴朗、偏热，可到了中午显然就有异常情况发生了。上班的人吃完午饭，游游荡荡回到办公室后，带着孩子受了欺负后那种愣愣的、沮丧的表情，开始拨打气象台的电话。等到下午过半，高温包围过来有如凶手捂住被害人的嘴巴，城市猛烈摆动，扭曲。它的喊叫被压抑，它的快节奏难以继续，它的勃勃野心无法施展，像一个不再喷涌的喷泉，成了无用的纪念物，陷入了昏迷。中央公园成片的柳树，在高温的蒸腾下无精打采，如同一片战场，看上去伤亡惨重。许多植物耗尽了精力，成排倒卧在地，蜷缩在死寂的树荫下。而报纸的摄影记者为了真实记录这场灾难，阴沉着脸在其中跑来跑去。动物园猫科动物馆里，狮子痛苦地吼叫着。

格蕾迪漫无目的地从这个房间走到那个房间。不同角度都有钟表在阴险地眨眼，都停下不走了，其中两个显示是十二点，另一个指着三点，还有一个显示十点差一刻。如同这些钟表，时间心不在焉地在她血管里流动，厚得好似蜂蜜，每个片刻都滞留着拒绝消亡：一遍又一遍，像那徘徊着的金色狮子的吼叫，被一道道窗户削弱了，她只能隐约听到，这是一种她无法识别的声音。在她妈妈的房间里，飘散着西班牙天竺葵的味道，隐含怀旧和华美的情调。她仿佛看到用钻石点缀的露西——貂皮披肩在黄昏闪耀的光波中泛起涟漪——幽灵似的一闪而过，她那矫揉造作、社交场合的腔调又响了起来：去睡觉，亲爱的；做个好梦，亲爱的。而西班牙天竺葵残留的香味念叨着"笑柄"、"名望"，念叨着"纽约"、"冬季"。

她在门口等待。绿色调的豪华房间里乱得令人震惊：夏季用来防尘的遮盖物都被掀到一边，一只盛得满满的烟灰缸显眼地放在银白色的小地毯上；床上也是一团糟，到处散落着食品碎屑和烟灰，被单与克莱德的衬衣、短裤混在一起,其中还有一把雅致的古旧扇子,它来自露西的一套收藏。克莱德一星期要在这里待三四个晚上,他喜欢这个房间,把它占为己有;他把自己其他衣服都存放在露西的私人衣橱里,因此他的卡其布裤子总是带有淡淡的西班牙天竺葵的味道。凌乱不堪的房间使格蕾迪目瞪口呆,她仿佛搞不懂为何要把好好的房间弄成遭了夜盗的模样。她只能想:这里简直不堪入目,太过分了,妈妈不会原谅我了。她想做点什么补救,设法整理整理。她拿起他的衬衣,站在那里,把脸贴在衬衣的袖子上。

他爱她,他爱她。在他爱她之前,她从不在意独来独往,她非常喜欢独自一人。上学时,所有的女学生都彼此迷恋,成双成对亲密无间,而她却孤身来去。只有一次例外,她允许内奥米爱慕她。书生气十足的内奥米透着中产阶级气质,古板得像束餐巾的环,写合辙押韵的激情诗篇。有一次她让内奥米吻她的嘴唇。但她并不爱内奥米:你不太可能去爱在你眼里毫无令人羡慕之处的人,而格蕾迪不会羡慕任何女孩,她只羡慕男人。于是内奥米渐渐被她扔到脑后,然后就丢失了,如同一封从未被细细读过的旧信。她喜欢一个人独处,但并不像露西所指责的那样整天无精打采、愁眉苦脸——这对天性顺从的居家女人来说是一种罪过。她被注入了一种神经质的、野性的活力,使得她每天都需要有前所未有的作为、更为大胆的举动。警察局警告麦克尼尔夫人要她女儿小心驾车。格蕾迪两次被警察抓到在梅里特大道上车速超过八十英里。她对警察说她搞不清楚自己开得有多快,这可不是说谎。速度使她麻木,将她脑子里的灯熄灭,最重要的是它能稍稍缓和她情感的越界,这种越界会使她与他人的交往陷入困境。别人因她的曲调过于用力而震惊,因她的和声过于高亢而畏缩。想想史蒂夫·博尔顿吧。克莱德的情况也是如此。可他爱她。他爱她。要是电话铃响起来的话。也许我不看它,它就会响起来;有时候是这样的。也许他正身陷可怕的麻烦中,这就是他不来电话的原因?可怜的曼泽尔夫人,她哭了出来;艾达,喊了起来;而克莱德对她说:"回家吧,晚些我给你打电话。"这是他亲口说的。独自待在这停摆的钟表和被高温压抑、被窗户削弱的声响之中,她究竟能忍受多长时间?她倒在了床上,她那被忧郁淹没的脑袋昏昏沉沉地滑下去了。

"老天,麦克尼尔,门铃还管用吗?我站在门口有半小时了。"

"我睡着了。"她说,用睡意蒙眬、非常失望的目光盯着彼得。她在门口犹豫不定,假如彼得在这儿时克莱德来了呢?全面考虑,他们没时间见面。

"你不必这么盯着我看,好像我是噩梦似的。"他说着,友善地推了她一把,走了进来,"尽管我得说,我感觉糟透了，在硬座车厢里度过了这可恶的一天，周围净是小无赖，呼吸了两个星期的新鲜空气之后，一个个精力旺盛得过度。希望你不介意，我能在你这儿洗个淋浴吗？"

她不想让彼得看到她妈妈房间的惨状，快步领着他沿大厅往前走。"我记得你去楠塔基特了。"当他们走进她的房间时，她说。一进房间，他赶快解开粘在身上的泡泡纱上衣。"我收到了你的明信片。"她说。

"哦，我给你寄过一张吗？我还想得挺周到的。事实上，我想要你来。我打了上千个电话都没有人接。我们登上了弗雷迪·克鲁克香克的帆船，真的很好玩，除了有一次我挨了螃蟹的钳子。我无法向你形容那个地方。我说着话，你转过身去，我要脱裤子了。"

她背对着他坐下，点着一支烟。"肯定很好玩。"她一边说，一边回想其他时候在海边避暑的情景，白色的帆船，海星，颠倒的夏日。"上次见你以后，我就没出过城。"

"这不用你说，太明显了。你的样子就像百合花：照我的趣味说显得有点悲戚。"他开始夸夸其谈。他那匀称、得到精心看护的身体呈红茶色，阳光的色纹摇曳着嵌进他的头发。"我以为你很迷恋户外运动呢，也许那是你假小子时期的事情了？"

"我从未感觉像现在这么好。"她说，此时彼得已经在浴室里了，他停下问她是否有什么重要的话要说。"没有，真的没有。我想是因为这高温吧。我从来不生病，这你知道的。"只是昨天，在去了布鲁克林以后；她记得已过了大桥，然后遇到红灯她停下了。"只是昨天，我晕了过去。"就像她说的，身体里面有什么打翻了，倾倒了。那种感觉她从来没有体验过，当时红绿灯开始旋转，然后一片漆黑。只持续了一瞬间，实际上信号灯刚刚换了颜色，可即便只耽搁了一瞬间，刺耳的喇叭声已经响成一片。对不起，她当时嘴里念叨一声，便让自己的车朝前蹿了出去。

"听不见你说话，麦克尼尔，大点声。"

"没什么，我只是自言自语。"

"刚才说的也是？你状态很差。我们两人都需要来点安慰，一两杯马提尼。你还记得别用甜苦艾酒吗？我对你说了很多次，但似乎不起什么作用。"

他从浴室出来时神采奕奕，恢复了活力。他看到格蕾迪已为他准备停当：杯子里有味道适口的马提尼，留声机播放着《被你捉弄很有趣》，玻璃门上有绚烂的落日，一幅明信片似的画面。"这一切我享受不了多长时间了。"他说着，倒在了坐垫里面，"听起来很傻，可我要去跟一个人共进晚餐，这个人也许会给我一份工作。想不到吧，在广播电台工作。"于是两人干杯祝他好运。"虽说不是必不可少，但不管怎么说我很幸运。等着吧，到了三十岁，我将取得那种最差劲的成功，生活有了条理，能够取笑那些游手好闲的人了。"当彼得小口饮着马提尼,他说这些话可不是异想天开的预言。从过去到现在,他都明智地知道,在广播电台工作也许是他能碰上的最快乐的事情。对于那个他所描绘的男人,他已悄悄地、无可挽回地产生了爱慕之情。花园里的女士,这位女士就是格蕾迪,圣诞节值得给她送珍珠的妻子,坐在一张无可挑剔的桌子旁消磨时光,她的高雅举止令男人赞叹,这似乎就是他所期待的她的形象。现在看着她给他斟上第二杯马提尼,仿佛五年以后某个黄昏时分的情景,他心想:夏天怎么就这样过去了呢?没见一次面,没打一个电话,每一天都拖延着,直到那一天的到来——在跟那个不知叫什么的家伙耗尽了精力之后,她会转向他,说:"彼得,是你吗?"他回答:"是我。"在把酒递给彼得时,格蕾迪懊丧地注意到他眼睛里有一种无来由的焦虑神情,嘴唇显露的渴望与他脸上雄心勃勃的打算毫不相干。当他们的手指在高脚杯底端碰在一起时,她猛然产生了一个荒唐的想法:这可能吗?他爱上了我?这个想法从头脑里掠过,就像一只海鸥,那种傻乎乎的动物。她此时将它嘘走,彼时它又回来了,而且不断地回来。她不得不去考虑彼得在她心目中的地位:她想要他待她友善,她尊重他的批评,他的看法她很在意。正因为如此,此时她才坐在这里一个耳朵听着克莱德——并不只是担心他会到来,另一个耳朵听着彼得——他提供的评断可以促使她去考虑自己的所作所为,而她还没有心思去考虑这些。房间暗下来了他们也没开灯,轻松柔和的谈话声在他们四周波动、叹息。他们谈什么话题似乎并不重要,重要的是他们有许多共同语言,有同样的价值观念。格蕾迪问:"彼得,你认识我多长时间了?"

彼得回答:"自从那一次你把我惹哭;那是一次生日聚会,你把冰激凌和蛋糕一股脑都倒在了我的水手装上。啊,当时你是非常自私的孩子。"

"我现在就那么不一样?你觉得你看到的我是真正的我吗?"

他笑道:"不,我可不想看到什么真正的你。"

"因为那样你会不喜欢我了?"

"要是我声称已把你看透,那简直就意味着我不把你当回事了,意味着我觉得你浅薄乏味。"

"你可以把我想得更坏一些。"

彼得的侧影在颜色越来越深的绿色玻璃门上移动,他的笑容忽隐忽现,有如贯穿中央公园的灯火。由于发觉她不够诚实,一种与之对抗的感觉幽灵般袭上他的心头——仿佛他们两个是用布包裹起来的搏击对手。她给自己找借口以逃避责备,却不肯坦白为什么我可能会有理由责备她。"比遭人厌倦更坏一些吗?"他说着,给自己的笑容增了量,"如果是那样,你祝我好运还真说对了。"

不久他就离开了,把她独自留在黑暗的房间里。闪电在闷热的空中跳跃,令人胆寒,一次次照亮了房间。她心想,现在该下雨了,但雨并没有下;她心想,现在他该来了,但他并没有来。她点燃一支支烟,让它们在自己的唇间烧成灰烬。带着尖刺、折磨人的时间和她一起等待,像她那样倾听,但他没有来。已经过了半夜,她给楼下打电话,请看门人把她的车准备好。闪电这个不祥的、沉默的信使在云间跳跃,而她的车像坠落的闪电,疾驶着穿越城市的郊区,穿越夜里毫无生气的单调的乡村。日出时分她瞥见了大海。

"见鬼,别来烦我!"当艾达在停车场找到克莱德时,他这么对她说。艾达说:"你可真行啊,是吧?打你的亲妈妈,现在她还伤心地躺在床上。更别提贝基了,她告诉我她哥哥说要杀了你。所以听着,我只是来给你一个警告,没有别的。"但他没有打他妈妈呀,是艾达想让事情看起来更严重呢,还是他真的打了妈妈?看着客厅里那一帮骗子,他有一瞬间真是气昏了头,他该怎么对付他们呀。他说,这是我的妻子;随后他们就大吵大闹起来。老天作证,他再也不想踏进那个家门了。就好像他不知道他们为什么抓住他不放似的;当然啦,身边带有一张额外的支票是件好事;爱,他们爱安妮吗?要是他真的打了妈妈,那么这是他唯一感到抱歉的，上帝呀，他希望自己没对妈妈动手。整个童年时代，他偷鲁斯孩童牌糖果送给她；他们把银河牌糖果放在冰箱里，切成小片："我的克莱德是个天使，他给妈妈买糖果。我的克莱德会成为著名律师。"她以为他喜欢在停车场工作吗？她想没想过他找了这份工作就是为了跟她作对，其实他完全能够成为著名律师，或著名别的什么？可事情就是这样，妈妈。而格蕾迪·麦克尼尔是事情的一部分。可格蕾迪现在怎么样了？她走出了他家的门，那是他最后一次见到她。巴布尔说："放下电话吧，省着你的钱，她不过是发脾气了。"可她没有这样发过脾气呀，所以不是这么回事，要不然就是因为那天晚上他没有露面；他这才去了巴布尔工作的酒吧，在那里度过了一段可怕的时光。有时候你得自己解决问题是吧？假如她想要继续和他保持婚姻关系，那么他们就必须找到一种新的生活方式。首先，他要她搬出那套公寓。他知道在第二十八街有一幢房子，他们能在那里租两个房间。此时她在哪儿呢？巴布尔说："安静坐着吧。"巴布尔已年过三十，在一家地段偏僻的夜总会当酒吧招待。在军队里他们就是朋友，他人如其名——巴布尔（泡泡），又圆又秃，脸皮又薄。

一天早晨，也就是热浪侵袭的第四天，克莱德醒来时感觉有条胳膊搂着他。他以为身边躺着格蕾迪，心便乱跳起来。"宝贝，"他说着，更紧地依偎着对方，"哎呀宝贝，我真想你。"巴布尔的呼噜发出一声巨响，克莱德一把将他推开。他待在巴布尔住的地方，上城区一间带家具的屋子。楼下是一家华人开的洗衣店，街上热得难受的孩子老是哭个不停，哇哩哇啦！有的早晨这里会出现一个街头手风琴师，此时他就在附近，那些不值一提的曲子叮叮当当地奏出来，听上去像是家庭主妇们往路面上扔硬币。他想念她，彩色气球、送花的货车都提醒他这一点。他滚到床的最远端，躺在那里，想象自己紧抱着她，一只手滑到了下面，用力摩擦着那个地方。"住手吧，别人还想睡觉呢。"巴布尔说。克莱德把手挪开，感到羞耻，可格蕾迪仍在，她身子晃动着，没有得到满足。他想起了另一个女孩，一个他在德国见到的女孩。春季里的一天，晴朗无云，他走在乡村的路上。他来到横跨一条亮晶晶小河的桥上，眼睛往桥下看，看到水里有两匹白马拉着一辆马车，缰绳缠绕在一个年轻女孩的胳膊上，马车仿佛在水下行驶。溺水女孩变形的脸在波动的河水下隐约可见。想着要割断缠绕她的绳子，他脱掉了衣服，可他害怕了。死去的少女仍留在那里，她身子晃动着，没有得到满足，就像活着的格蕾迪，让他无法接近。

他踮着脚把衣服拿过来穿上，然后蹑手蹑脚走出了门。门厅里有一个收费电话，他拨了她的号码，可是没有人接。在大门外的台阶上,一群孩子叽叽喳喳地围住了他,"喂,先生,给我一支烟。"他甩着胳膊闯过去。有一个女孩很放肆,瘦瘦的,穿着一件破了的泳衣,说:"喂,先生,你裤裆没关门呀。"她在他身后跑着,冲他指指点点。老天哪,他嘴里念叨一声,一把抓住她的肩膀。她的头发散开了,飘动起来,因恐惧而变得苍白的脸似乎也波动起来,模糊起来,有如河里那女孩的脸,有如要比比谁更无情时格蕾迪的脸。他手软了,径自跑到街对面去了。那些孩子在他背后嚷:"找一个和你一样尺寸的人试试!"当一个人感觉自己太渺小,恼羞成怒时,谁还管是不是和自己一样尺寸?

他坐在"白色城堡快餐"的柜台前,要了一杯橙汁,天气太热,不想要别的。他对高温倒并不在意,因为在这样的天气里,被一半居民嫌弃的纽约城,属于他的程度似乎与属于其他任何人的程度没有差别。在等橙汁时,他卷起衣袖,查看手腕上很像手镯的一道隐隐作痛的新刺青。这是前一天晚上刺下的,当时他和冈普一起在城里乱逛。冈普带着该死的大麻烟卷,他抽上一两支,脑子里便会冒出疯狂的念头,比如:我认识一个人,他能免费给我们刺上漂亮的图案。冈普认识的人有几个不错,这一个住在天堂巷一套只供应冷水的公寓里,她独自居住,却养了六只暹罗猫,还有一条制成标本的大蟒蛇——名叫梅布尔。哦,亲爱的孩子们,你们真该认识当年的老妈妈,那时候梅布尔还活着。我们住的营地热闹极了,多么快乐,多么有趣,每个人都爱我们,几个国王和一大帮王后,哈哈,没错,我们一起玩转世界。跳舞哇跳舞,仅在伦敦就是十二个星期,沃尔多和辛妮丝特拉,辛妮丝特拉是梅布尔演出时用的名字,可怜的宝贝,要不是那些可恨的航空公司,它能一直活到现在,真是太让人难过了。你想,他们不允许梅布尔登机,当时我们在丹吉尔,有人邀请我们去马德里,时间非常紧迫,于是我把它绕起来裹在身上,外面穿上一件大衣。一切都很顺利,后来到了西班牙上空,它开始扭动起来。我知道它有多难受,可怜的宝贝忍了半天了。梅布尔痛苦极了,就越收越紧,最后我简直都要晕过去了。于是他们用刀把它砍成两半,说只有这样才能让我脱身,这帮屠夫!哦,好的,一面旗,一朵花,你心上人的名字?刺青一点都不疼。可实在很疼。克莱德刺上了"G-R-A-D-Y"——格蕾迪的名字,红蓝双色,字母间连着横线。刺青的地方还是感觉火烧火燎,于是他买了一瓶婴儿润肤露,坐上顶层敞篷的第五大道观光巴士,用润肤露按摩手腕。他在弗里克博物馆附近下了车,在中央公园旁边的树荫下朝下城方向走去。他的眼睛在菱形石板路上扫来扫去,这是他的老习惯了,想要寻找别人丢失的财物,特别是钱。他曾有两次捡到戒指,一次捡到二十美元的钞票。今天他弯下腰拾起一枚五美分硬币。他直起身往街对面看，发现自己站在想站的位置：麦克尼尔家公寓楼的对面。

看看这位肥臀先生：看门人，穿着燕尾服，戴着棉纱手套，这个杂种以为他是谁呀？趾高气扬活像一只鸽子。哦，先生，不在，麦克尼尔小姐不在家。哦，没有，先生，恐怕她没有留言。但他不能跟看门人翻脸，只能冲着他的后背吐唾沫。他又穿过大街，抱着肩膀在树荫下面踱来踱去。这时他看见了开电梯的小莱斯利。这个小天使面颊粉红、嘴唇诱人，他到这里的树荫下来投飞镖。"嘿，瞧啊，爱已悄悄充满了他的眼睛。"他说，"你看，我知道她在哪儿，只是别告诉他是我说的。"他告诉克莱德，看门人曾把麦克尼尔小姐的信件转到新汉普顿她姐姐家。当克莱德给他一枚半美元硬币时，他似乎不太乐意。克莱德说："那么你想要我做什么？吻你吗？"小莱斯利一边后退，一边情绪激动地说："你开这种玩笑，把我当什么人了？"

独自待在这一片分外耀眼、被烤焦的砾石地面上，他觉得自己要发疯了。这个地方到了下午就像一个油腻腻的、永远不会爆裂的气泡。冈普带着一大把真正的哈瓦那雪茄和一瓶杜松子酒出现了，他在度假。于是他们坐在停车场的小办公室里，一边享用冈普带来的雪茄和酒，一边玩纸牌。克莱德没法把注意力集中在玩牌上，他一连输了二十二局。于是他把牌一扔,身子倚靠在门框上生闷气。黑夜就要降临,拉长的阴影在他眼前波动、摇曳。他对冈普说:"听着,你想不想跟我去作一次短途旅行?"因为他害怕一个人去。

这里的一切都将继续下去,这些波浪,这些海的玫瑰在沙滩上脱落下被太阳烤干的花瓣。假如我死了,这一切还将继续下去。她怨恨事情将会这样。她在沙丘中直起身子,拉过一条浴巾盖在大腿上,随后又任由浴巾滑落下去,因为不会有人看到她裸着身体。这是一片粗糙的、不够正规的海滩,荒蛮开阔,散落着从海上漂浮来的陈腐的骨状物。显赫的人物更喜欢去俱乐部的海滩,从不来这里,尽管一些人,像阿普尔和她的丈夫,沿着这一带建房安家。每天早晨吃完早餐,格蕾迪便装一盒午饭,让自己隐身在沙丘之中,一直待到太阳落到海平面,沙子渐渐变冷。有时她站在水边,让水沫冲洗脚踝。她以前从没怕过海,可现在每次她想投入海浪中时,都会想象海浪中有隐藏着的牙齿和触须。正如她不能走进海水里去,她也不能走进有许多人的房间。阿普尔已经不再要求她见什么人了,姐妹俩为此吵了两回。其中一回,她们说好了去梅德斯通俱乐部跳舞,格蕾迪也已装束完毕,却突然改变主意拒绝前往。于是阿普尔对她说:"我觉得你最好去看医生,你说是不是？"格蕾迪可以回答说，她已经看过医生了。她去找过安格斯·贝尔医生，他是彼得的亲戚，在新汉普顿开业行医。后来，她觉得自己早有预感，可这怎么可能——想想她怀孕还不到六周。她在阿普尔家找到一本医书，到了晚上就锁上客房的门，仔细看书中的图片：胎儿红红的，攥紧小拳头，血管像丝带一样，皮肤就像面纱，眼睛还凝结着没有睁开；胎儿蜷着睡觉，悬在她心脏下面，与她丝丝相连。什么时候的事情？哪一个时刻？是那个下雨的午后？她确信是那时候出的事，没有比那更合适的时刻了：躺在那里，淋不到阴冷的雨，克莱德踢开被单到了她的身边，那么温柔，比一片眼睑合上更温柔。假如我死了，这所有的一切还将继续下去。潮水涌来时带着贝壳，船离得很远，驶向更远的地方。她想到死是因为她在格林威治听说了许多次莉莎·阿什的事情，讨人喜欢的莉莎什么歌都会唱，她最后大出血死在了地铁站的厕所里。

想想离得更近的事情吧。按照阿普尔刚刚收到的一封信，妈妈和"你可怜的爸爸"将于九月十六日从瑟堡乘船起航，这意味着不到一个月他们就回家了。"请告诉格蕾迪把费里太太从乡下叫到城里来，她肯定已把那里搞得一团糟。万幸我让费里太太来管家里的事了，因为还有另一个烂摊子让我们应付不过来——那些德国人把我们在戛纳的房子搞得不成样子，简直难以置信。还有一件事需要告诉格蕾迪,她的礼服设计得太美妙了,就是做梦也想不到。"

我都干了什么?终于到提这个问题的时候了。对她来说,这个时候是在今天早晨用餐时来临的。阿普尔看到信里有关礼服的内容,就大声念了出来。格蕾迪忘了自己此前就不想要这礼服,只知道现在她不会再穿它了,她的情绪顺着某段悲伤的阶梯滑落,这是一种新的、诡异的悲伤。我都干了什么?大海问着同一个问题,敏捷的海鸥重复大海的问题。大部分的生活都乏味得不值一提,哪个年龄段都乏味。换另一种牌子的香烟也好,搬到一个新地方去住也好,订阅别的报纸也好,坠入爱河又脱身出来也好,我们一直在以轻浮或深沉的方式,对抗日常生活那无法稀释的乏味。不幸的是,所有的镜子都一样,总在跟你作对,每一次冒险,镜子只是从不同角度映现同一张空虚、得不到满足的脸。因此当她问"我都干了什么"时,她真正的意思是"我该怎么办"。人通常都这样。

阳光已不那么强烈了,她想起阿普尔年幼的儿子要举行生日晚会。哦,天哪,她还答应组织晚会上的游戏。她套上游泳衣,正打算走向那一片开阔的海滩,却看见两匹马正踩着岸边的浅浪慢跑。骑在马上的是一个年轻男子和一个挺帅气、黑发飘动的姑娘。格蕾迪认识他们,去年夏天她曾和他们一起打过网球,可此时她想不起他们的名字,字母P打头的什么姓氏,属于更年轻的狂热派。他们很有魅力，特别是那位妻子。他们骑马上了海滩，说话声混合成兴奋的喧闹，他们又纵马冲进水里，湿淋淋的马像玻璃似的闪光。他们在离她藏身处不远的地方下了马，留下两匹马在海滩上跳跃。他们爬过几个沙丘，然后在欢爱的笑声中滚入一个茂密的草窝。接着便是静寂，海鸥在无声地滑行，海上的微风吹得草叶颤动起来。格蕾迪想到他们蜷缩在一起，受一个向他们示以良好祝愿的世界保护。心中的嫉恨促使她要在他们面前露一下面。她站起身，径直从他们旁边走过，她的影子像一只翅膀从他们身上掠过，意在破坏他们的快乐。但她没有成功，那对姓氏以字母P打头的夫妇因这个世界的友善而变得纯真无比，竟感觉不到有影子掠过。被他们的胜利鼓舞，她快步跑过海滩，因为通过他们，她感觉自己看到了并非那么难以承受的未来。而当她走上从海滩通向阿普尔家的楼梯时，她意外地发现自己竟盼望着见到孩子，盼望着一个生日。

在楼梯顶端她遇到了阿普尔，阿普尔刚要出门往下走。这次相遇令她们都很吃惊，两人退后几步，毫不客气地注视着对方。"晚会开得怎么样了？我来晚了吗？真对不起。"可阿普尔一边小心摆弄自己的一只耳环，仿佛她们的相遇把这只耳环震松了，一边看着她，就像不认识她，就像真的需要别人来介绍。这产生了双重效果，弄得格蕾迪不知该小心提防还是放松警戒。"真的，要是我来晚了，我很抱歉。让我赶快上去换衣服吧。"

阿普尔支支吾吾:"你在海滩上没有见到特迪吗?"特迪是她丈夫乔治的绰号,让人听了很不舒服。[①]"他出去找你了。"

"他一定是朝相反方向去了。可这有必要吗,要他去找我?我答应回来帮着开晚会的。"

阿普尔说:"你别去管什么晚会的事了。"一阵抑制不住的激动使她的嘴角抽搐起来,"我已经把孩子们送回家了,约翰尼宝贝心脏都要哭出来了。"

"这可不全是我的错。"格蕾迪嘴里这么说,心里却忐忑不安,她等着,"我想说的是,你干吗要这么吓唬我?"

"你说我吗?我倒要这么问,你干吗要这么吓唬我?"

"什么?"

阿普尔终于把事情挑明了:"克莱德·曼泽尔是什么人?"

刚才从路边摘来的菖蒲花在格蕾迪手里碎散了,那些色彩鲜艳的碎片散落在地上,像被丢弃的剧院票根。过了好久她才开口:"你干吗问这个呢?"

"因为不到二十分钟以前,有人对我说他是你的丈夫。"

"谁告诉你的?"

她仅仅回答了三个字:"他说的。"但她那漂亮的小脸

[①] 特迪(Toadie)与马屁精(Toady)谐音。

突然露出了悲伤,"他坐出租车从城里来,另一个男孩陪着他。南蒂让他们进来了,我想她以为他们是为晚会而来的……"

"那么你看见他了。"格蕾迪轻声说。

"他开口就问你。我问他:'你是我妹妹的朋友吗?'因为说实在的,在我看来你不可能认识他这种人。这时他回答:'不,我们不是朋友,我是她的丈夫。'"她们都不说话了,一阵涛声摇晃着沉寂。两人的眼睛都盯着地上菖蒲花的碎片,以躲避对方的目光。这时阿普尔问这是不是真的。

"你指我们不是朋友?我想是这样的。"

"求你了,亲爱的,我没有生气,我真的没有生气,可你必须告诉我,你都干了什么?"

你都干了什么?我都干了什么?这就如山洞里的回声,把一切都变成了没有意义的废话。她实在是宁愿谁发一通脾气,起码她对此有心理准备。"你这傻瓜,"她说,脸上居然挤出挺自然的笑容,"这是彼得搞出来的没品位的玩笑,克莱德·曼泽尔是他大学里的朋友。"

"我要是相信你才是傻瓜呢,"阿普尔说,语气就像她母亲,"你以为我会因为一个玩笑毁了约翰尼宝贝的生日?那个男孩肯定不是彼得大学里的朋友。"

格蕾迪点了一支烟,在一块岩石上坐下。"他当然不是。

事实上彼得从未见过他。他在一个停车场工作,四月份我在那里认识了他;我们结婚还不到两个月。"

阿普尔在小路上走了几步。她似乎没有听见这些话,可不大一会儿她问:"别人不知道这事吗?"她盯着格蕾迪,见她摇了摇头。"那么没有理由让任何人知道这事。这自然是不合法的,你还不到十八岁,还不到二十一岁,怎么说都不合法。我敢肯定乔治也会认为这不合法;我们要做的是保持镇静,他会非常清楚该怎么做。"她丈夫从海滩上朝她们挥手,她赶快跑到楼梯上喊他的名字。

在他身后,格蕾迪看到那两匹马,蹄子在浅浪里踩踏着,壮美得有如马戏场上的马。她想起了她们刚才订下的承诺,就抓住阿普尔的手腕说:"别告诉他!就说那只是彼得搞出来的玩笑。哦,听我说,接下来几个星期我会处理这些事的,求你了。阿普尔,把它们留给我自己来处理。"她们抱住对方,平复着情绪。阿普尔轻轻地说:"别再这么下去了。"就好像她已发不出声了,"你别抱着我了。"可当格蕾迪想放开她时,却发现是阿普尔抱着她不放。她在姐姐的怀抱里扭动身子,她喘不过气,感到一幕幕场景全都朝她身上压过来:马向前冲,乔治上了楼梯,克莱德应该离得不远。"阿普尔,我答应你,三个星期。"阿普尔转过身去,一边往家里走,一边说:"他在风车酒吧等你。"她说话时头也不回。海上升起了雾,隐隐约约看见那两匹马在飞奔，像鸟儿似的。

女招待的围裙上缝着印花布风车图案，她把两杯啤酒放到桌上，开了一盏灯。"两位先生吃晚饭？"冈普在用随身携带的小折刀削指甲，一小片指甲飞向那个女招待。"你们有什么吃的？"

"首先，我们有科德角牡蛎、新奥尔良式海虾，还有新英格兰蛤肉杂烩……"

"给我们来蛤肉杂烩吧。"克莱德说，他只想让她住口。冈普倒是感觉不错，既然已经出来了，他很高兴在这懒散的长岛酒吧翻翻漫画书、跟姑娘们开开玩笑。而克莱德坐在那里可不那么自在，简直就像坐在了光滑的铁轨上。来长岛时火车在一个车站停靠，一只蝴蝶懒洋洋飞进了开着的车窗，他用薄荷糖的纸袋把它套在了里面。此时这个纸袋就在桌上他面前摆着：这是给格蕾迪的礼物。

格蕾迪进来关上门时，一只铃铛发出叮叮当当的声音。她看见在灯光映照下，克莱德有点消瘦憔悴的脸。一个她从未见过的人——冈普，过来跟她握手；这个男孩身材瘦长，皮肤上有色斑，穿着一件怪俗艳的夏季衬衫，上面印着一群人摇摆着跳呼啦圈舞。她的脸颊感觉到克莱德下巴上没刮的硬胡楂。"我明白，我明白，"她说，不想听他请求和好的低语，"现在什么都不用谈了；别在这里谈。"

"喂，你们说，谁为这个付钱呢？"那女招待摇晃着两碗蛤肉杂烩，大声喊道。冈普一边跟着克莱德和格蕾迪往外走，一边说："宝贝，给我寄账单吧。"

格蕾迪那辆车的前排正好能坐下他们三个人。克莱德开车，她坐在中间。她惊慌不安的样子使谈话无从开始，车默默地行驶，转了几个大弯，留下一路紧张的辙痕。她并不想表现得这么冷漠；更确切地说，她什么都不想表现，也许除了那种倒塌了的、被轧平了的淡漠，她几乎没有什么感觉。橘红色的月亮像飞艇似的升起，嵌了玻璃的道路标志在他们的车灯前跳跃，活像猫的眼睛，上面写着：距纽约九十八英里，八十五号出口。

"困了？"冈普问。

"嗯，困极了。"她回答。

"来点这个吧。"冈普把装在一个信封里的东西倒出一些放在手心，是十几个烟头，"只是一些大麻烟头，不过能给我们提神。"

"冈普，快把这玩意儿拿走。"

冈普说了声"见你的鬼去吧"，就点着了一个烟头。"看我，"他对格蕾迪说，"你就这么做。"他吞下了一口烟就像吃下什么东西。"吸一口吗？"格蕾迪像一个昏昏欲睡的病人，护士拿来什么都无条件接受。她把烟头接过来，用手指捏着，直到克莱德一把将烟头夺了过去。她以为他要把烟头扔掉，可他没有这样做，而是自己吸了起来。"这就对了嘛——听冈普医生的建议，让你马上活力无限。"又有烟头递过来，每人都拿到了一个。有人打开了收音机，"您正在收听录制音乐节目。"烟头迸出闪亮的火星，他们的脸平静得如同天上初升的月亮。"请听《让我们划海豹皮舟去昆西或奈阿克》"，"请听《让我们彻底脱身》"。冈普问："感觉不错吧？"她说自己什么感觉也没有，却情不自禁咯咯笑了起来。他说："宝贝，干得不错，继续吸。"这时克莱德说话了："我忘了给你礼物，这是我给你带来的礼物，糖果纸袋包着的一只蝴蝶。"这下她完全失控了，咯咯傻笑像鱼吐泡泡似的往上冒，最后爆发出大笑。她边笑边左右摇着脑袋，"别说了！别说了！太好笑了。"没有谁真正清楚有什么好笑的，但他们都笑得前仰后合；以克莱德为例，他简直都没法控制方向盘了。一个骑自行车的男孩在他们的车灯前倒下，摔进了路边的树篱。可即便他们撞死了那个男孩，笑声也没法止住：一切都是那么滑稽。格蕾迪脖子上的围巾松了，慢慢飘进了黑夜中。冈普又拿出他的信封："咱们再来一点吧。"

有如祭祀的烟雾，纽约被红霾笼罩，但当他们疾驰穿过昆斯博罗大桥，整个城市突然显露了全身，像一根罗马蜡烛般高耸着上场，每座高楼都是喷涌着绚烂火花的炸裂的礼花筒。格蕾迪高喊着："我要跳舞！"她为令人亢奋的纽约欢呼。"我要脱掉鞋光着脚跳舞！"纸娃娃夜总会在东三十街的某个地方，是街边一个不正经的下等场所。克莱德带他们去那儿，是因为巴布尔在那家夜总会的酒吧当招待。巴布尔见他们迷迷糊糊地进来，不满地发出嘘声："你们疯了吗？带她离开这里，瞧她麻醉的样子。"可格蕾迪不想离开，她要同不知疲倦的霓虹灯和自以为是的家伙们快乐地待在一起。克莱德只好跟着她进入舞池，舞池太小、太喧闹，跳不了舞，他们只是彼此抱在一起。

"这些可怕的日子。我以为你要从我身边逃走呢。"他说。

"人并不逃避别人，人逃避自己。"她说，"现在感觉很不错吧？"

"当然，"他说，"现在感觉很不错。"他小心地带着她跳了几步。演奏舞曲的是一个稀奇古怪的三人组合：弹钢琴的是个穿绸衣的华裔男青年；敲鼓的是个黑女人，可敬地戴着女教师似的钢边眼镜；吉他手也是黑人，这个女孩个子很高，肤色特别黑，她那油滑光亮的头在青白顶灯的照射下微微抖动。他们演奏的曲子没有差别，因为他们的音乐听起来都一样：胶状，爵士乐味道，被喧闹声掩盖。

"你不想再跳舞了吧？"等一组乐曲演奏完，克莱德说。

"我想，我想，我不要回家。"不过她还是跟着他离开了舞池，来到冈普为他们找的角落里的一张桌子旁。

吉他手走过来。"我叫印蒂阿·布朗。"她说着，把手伸给格蕾迪。这只手就像一只昂贵的手套,手指又粗又长,像香蕉似的。"巴布尔说我该带你去补补妆。"

"巴布尔,泡泡,泡泡。"格蕾迪自言自语。

这个黑女孩身子靠在桌上,眼睛仿佛小块的黑石英,它们像罩着一层薄雾,并不看格蕾迪;她搞阴谋似的悄悄说:"你们男孩要干什么与我无关。可你看到吧台那一头坐着的胖男人了吗?他正在找这个地方的碴儿,一有机会就会把这里的门咔嚓一锁。像她这样的妞儿发出一丁点吵闹声,我们就都得关门出去。我说的是实在话。"

吵闹声?节奏单调的曲子在格蕾迪头脑里徘徊,她的目光停在了那个胖男人身上:他从啤酒杯杯口上方注视着她。一个年轻男子站在他旁边,穿着整洁的泡泡纱衣服。他端了一杯酒,侧着身子从另一头走了过来。"拿上你的东西,麦克尼尔,"他说话语气很重,好像这些字句都从高处落下,"该有人送你回家了。"

"瞧着点,我的朋友,让我们把事情搞清楚。"克莱德说着,正要站起身。

"是彼得而已。"格蕾迪说;就像正在发生的那么多不可思议的事情一样,彼得在这里出现并未让她感到奇怪。她认出他时一点也没显出惊讶的神情。"彼得,亲爱的,坐下吧。见见我的朋友,对我笑笑。"

可彼得只有一句话:"你最好让我送你回家。"他从桌上拿起她的皮包。一个招待端了一托盘酒出来，见状退了回去。巴布尔从吧台探出身子，他的嘴因受惊张成了O形。远处驶过一列高架火车，轰鸣声使这装饰俗丽的房间颤动起来。克莱德绕着桌子走。他们两人实力悬殊。彼得尽管个子高，但力气不足，根本不是克莱德的对手。然而彼得主动迎战的姿态也使对方不敢小视。克莱德出手快得如同一条蛇；他夺回皮包放到格蕾迪旁边。就在这时，格蕾迪看到他暴露出来的手腕。"你伤了你自己，"她用缺乏活力的声音说，触摸手腕上她的名字——粗糙的刺青，"为了我。"说着她抬起眼睛，先是朝克莱德看，她看不到克莱德，然后朝彼得看，彼得那张十分苍白、过分严肃的脸似乎正渐渐消失。"彼得，"她语调怪异地说，叹着气，"克莱德伤了他自己，为了我。"周围的人都一动不动，只有那黑女孩走过去，用胳膊搂住格蕾迪。两人摇摇晃晃地朝卫生间走去。

只要我在这里，我就不会出事，她这么想着，把自己的头懒懒地倚靠在吉他手结实的胸脯上。"他带给我一只蝴蝶，"她对着一面剥落、发黑的镜子说，"装在一个薄荷糖纸袋里。"吉他手说："有一条路通到街上：穿过这个门，从厨房出去。"可格蕾迪笑着回答："我想它是一只薄荷糖蝴蝶，尝起来也很甜；摸摸我的头，感觉它在飞吗？"她扶住头止住了它的摇摆，也缓解了脑袋里飞机俯冲似的轰鸣。"有时候它在我身体里别的部位飞着，在我的喉咙，在我的心里。"门开了，矮小的鼓手活像一个邪恶的女教师，不知羞耻地打着响指走了进来。她用喇叭似的声音吹嘘道："都清除干净了，胡珀把那些狗娘养的都赶走了，没到打破脑袋的地步。不是你们的错是谁的错？"她转向格蕾迪，接着说："你们这些吸毒鬼他妈的让我恶心，你们老是在瞎混。"可吉他手用香蕉般的手指温柔地抚摸格蕾迪的头发，说道："别说了，艾玛，她不懂这是怎么一回事。"矮小的鼓手久久盯着格蕾迪看："亲爱的，想知道这是怎么一回事吗？我来告诉你！"

一个水手在路边站着撒尿；除了他，街上就没人了，这是一条褐砂石街道，他们先前把车停在了这里。可车没在原处，于是格蕾迪围着街灯转圈，清醒地考虑着种种可能性：车已被偷走了，或者……这是什么？漏斗形状的管道——某项街道建设工程的组成部分，正可怕地朝外呲呲喷着气。那个水手被喷涌的蒸气包围着，在路面上起伏、摇晃。她快步逃到了第三大道，在那里遇上一辆车，车的前灯缓缓晃动，把她周身照得透亮。

"喂，你！"开车人喊道，她顿时傻了眼：正是她的车，手握方向盘的是冈普。"没错，就是她。"他说。接着就听见克莱德的声音："快点，把她弄进车坐你旁边。"

克莱德坐在车的后排，彼得·贝尔也在后排。两人纠缠在一起,一个紧紧拉扯着另一个,看上去就像一个连体、双头、带触手的怪物。彼得的胳膊被扭到背后,身子被迫往前弯,脸皱得如同锡纸,淌着血。格蕾迪惊骇万分,感觉有什么崩塌了:她尖声大叫,这声尖叫仿佛积攒了几个月终于爆发,但却没人听见,天旋地转、空荡荡的石子路上没人听见,车里也没人听见:冈普也好,克莱德也好,连彼得也是。又聋又哑的痴迷状态将他们死死绑在一块儿——在克莱德的拳头令人头晕目眩的重击中存在着某种快感。车子发出尖厉的声音,躲闪着高架铁道上的柱子,无视红灯高照,沿第三大道往北驶去。她眼睛直愣愣的,不说话,有如在墙上、玻璃上撞晕了的鸟。

当恐慌袭来,头脑就像降落伞的开伞索一样卡住了:人跌落下去。车在第五十九街往右拐,一打滑冲上了昆斯博罗大桥。桥下行驶的船只拉响沉闷的汽笛。天色变幻,清晨将临,他们却看不到这个早晨了。只听冈普喊道:"该死的,你会要了我们的命!"但他无法使她松开抓着方向盘的双手。她说了一声:"我知道。"

后记

村上春树

《蒂凡尼的早餐》于一九五八年春由兰登书屋出版,并于一九六一年由派拉蒙公司拍成电影。书的评分相当高,创下了非常大的销量,但现在一提到《蒂凡尼的早餐》,很多人眼前首先浮现出来的,可能却是电影主演奥黛丽·赫本的容颜、考究的纪梵希黑礼服,以及亨利·曼西尼作曲的给人深刻印象的电影配乐。电影虽然与原作差异很大,但它完成了一个颇为精致的爱情喜剧,在商业上也获得了巨大成功。现在很多人在读书之前已经看过电影,因而会不知不觉地把奥黛丽·赫本叠加在主人公霍莉·戈莱特利身上。这对小说也许是个困扰,因为作者杜鲁门·卡波特显然并不是把霍莉·戈莱特利设定为奥黛丽·赫本那种类型的女子。据说,当卡波特听到将由赫本来主演电影时,曾表现出很大的不快。或许他认为霍莉身上那种惊世骇俗的奔放、在性上的开放,以及纯洁的放荡感,这位女星本来并不具备。

作为日文版译者,我希望书的封面尽可能不要使用电影画面,因为那样难免会限制读者的想象力。霍莉·戈莱特利这个女人,到底是什么样子呢?跟随故事的进展,每一位读者都在想象中自由驰骋,才是阅读此类小说的一大乐趣。霍莉·戈莱特利恐怕是杜鲁门·卡波特在小说中创造出来的最有魅力的人,如果把她简单地同化为一位女演员——姑且不论当时的奥黛丽·赫本也很有魅力——我觉得实在太可惜了。

另外,故事的叙述者"我"身上,毋庸置疑叠加着作者卡波特的身影和灵魂。与乔治·佩帕德那种健壮、金发的纯粹美式英俊青年给人的印象有着很大的不同,这位住在楼上公寓里的男子,来自乡下,脸上还残留着少年的痕迹,敏感,还有几分倦怠——霍莉感知到了他身上的中性特质和漂泊不定的孤立感,正因如此,她才会信任他,和他成为朋友。如果对方换成乔治·佩帕德,故事必然迥然不同——也的确迥然不同了。

尽管如此,电影自有其有趣之处,它将彼一时代的纽约风光描绘得美丽而欢快。所以,在这里就不和电影进行比较、说长论短了吧。我想说的是,如果可能,希望大家尽量与电影拉开距离来阅读和欣赏这个故事。

不过话说回来,难道就没有人愿意尽可能地忠实于原作,将《蒂凡尼的早餐》再拍一次电影吗？比起重拍（并非特别有此必要）《惊魂记》或《电话谋杀案》等作品来,这个做法要明智得多。但下一次由谁来演霍莉·戈莱特利呢……实在想不出具体的名字,真是很为难。还请大家看书的时候,想一想什么样的演员适合霍莉。

卡波特于一九二四年出生于新奥尔良。他在母亲的老家亚拉巴马州乡下度过了少年时代,十几岁的时候去了纽约。一九四一年至一九四四年,他在《纽约客》杂志做小工。他怀着成为作家的志向在杂志社打杂,如此这般度过了《蒂凡尼的早餐》的背景时代。后来,他在诗人罗伯特·弗罗斯特的朗诵会上惹了一点麻烦,结果被《纽约客》解雇。本书中描写的主人公"我"的心境,无疑与当时卡波特的颇为相近。

结束《纽约客》的工作之后,他在杂志上发表了《米里亚姆》《银壶》《夜树》等几部短篇小说,引起了世人的注目。二十四岁时,他发表了长篇小说《别的声音,别的房间》(1948),并以此真正作为作家而崭露头角,转瞬之间即成为文坛的宠儿。随后,他发表了短篇小说集《夜树》(1949)、中篇小说《草竖琴》(1951)等,确立了自己的地位,与诺曼·梅勒、J. D. 塞林格、欧文·肖、卡森·麦卡勒斯等人一道,成为战后辈出的青年才俊作家之一。但是,他的小说中包含的某种反社会性、性挑逗（且含有不小的同性恋倾向），以及有时过于感觉派的哥特式文体，招致了主流批评家们颇为强烈的反感。他并非万人公认的一流作家，某种"可疑性"和丑闻在他身边终生萦绕。但当时的纽约社交界却举起双手欢迎这位才华横溢、有着精灵般容貌的二十多岁的新进作家。卡波特一面心怀对那个世界激烈的爱憎，一面却恣意享受身为名流的繁华生活，至死方休。

一九五五年左右，卡波特动笔写他的新小说《蒂凡尼的早餐》，但进展并不如意。各种各样的杂事吸引了他的注意力，分走了他的时间（这之后他的人生之路兜了好几个圈子）。一个美国剧团去苏联巡回公演时，他也同行。对这次旅行，他写了一本名为《缪斯们受人倾听》的书。然后，他到日本旅行，采访了正在拍摄电影《樱花恋》的马龙·白兰度，撰写了访谈录。那是一篇才气焕发、极为辛辣的人物批评。据说白兰度看后勃然大怒，高声咆哮："我要宰了那个混账小鬼！"卡波特擅长为自己制造敌人，一向如此。他的观察力之敏锐无人能及，从不偏离要害，文章像刀一般锋利。一旦按下解除控制的按钮，它的效果是致命的。

他总算坐回到自己家里，重又执笔写《蒂凡尼的早餐》，是一九五七年的事。经过种种辛苦，一九五八年春天，这部小说终于完成。这部以霍莉·戈莱特利这一充满魅力的"天然策略家"——很矛盾的说法，却也正是卡波特自身的写照——为主人公的时尚都市小说，瞬间即赢得了人们的喜爱。众多聚集在杜鲁门身边的纽约社交界的女性，高声主张"我才是霍莉·戈莱特利的原型"。批评家们也大都对这部作品表示好感。

小说最初预定一次性刊登在女性杂志《时尚芭莎》上，连合同都已订立，但该杂志最终却拒绝登载，令卡波特极为愤怒。作品转而刊登在男性杂志《时尚先生》上，使得该杂志创下了压倒性的巨大销量。《时尚芭莎》拒绝刊登这部小说，理由之一是霍莉·戈莱特利很难不被认为是个高级娼妇，而且文章多处提及同性恋；理由之二是编辑们担心这会引起小说标题中涉及的杂志大广告主蒂凡尼珠宝店的不快。据说卡波特对此付之一笑，说"用不了多久，蒂凡尼就会把我的书摆在橱窗里"。我并未听说蒂凡尼把这本书摆到了橱窗里，但小说《蒂凡尼的早餐》客观上大大宣传了蒂凡尼珠宝店，则是毋庸置疑的。二十世纪五十年代的美国，对于性方面的言论就是这样严格——或者说，就是这样令人胆战心惊。

在《蒂凡尼的早餐》中，与内容并驾齐驱，它的文体也是一大魅力所在。

当时，诺曼·梅勒在本书的相关评论中，如此赞赏卡波特：

> 与我同辈的作家当中，卡波特是最接近完美的。他遴选一个个词语，节奏之间环环相扣，创造出美妙的句子。《蒂凡尼的早餐》没有一处用词可以替换，它应该会作为一部绝妙的经典留存下去。

为了翻译这部作品，我反复读过好几遍文本。每一次读到这部作品，都为它精心打磨、简洁洗练的文字折服，真是百读不厌。卡波特在这部作品之前的文章当然也很好，但时而会让人感到有些地方似乎过于才气毕露。而在《蒂凡尼的早餐》中，那种"又来了"的感觉描写隐去了踪影，文章匀称修整、言简意赅，在翻译过程中，我不禁数度赞叹"太棒了"。

说一点我个人的话题，我在高中时第一次读到英文版的卡波特作品（那是一篇叫作《无头鹰》的短篇小说），记得我深深地叹息"这么好的文章，我无论如何也写不出哇"。我在二十九岁之前都没有试图写小说，就是因为数次经历了这种强烈的体验。因此，我一直认为自己没有写作才能。我在高中时代对于卡波特文章的感受，即便在四十年后的今天，也几乎没有变化，只不过如今我的态度能够变为"卡波特是卡波特，我是我"，仅此而已。

关于自己文体的变化，卡波特在一九六四年接受杂志《对位法》的采访中，这样说道：

> 我有两段生涯。第一段是早熟期的生涯，年轻人自然而然地写出了一系列作品，也有相当出色的。即便到了今天，我拿起那些作品，还是会佩服说真是不坏。简直像在读别人写的东西似的。我的第二段生涯始于《蒂凡尼的早餐》。从那时起，我有了不同的看待事物的方法，开始使用不同的文体——当然，是在某种程度上。文体的确在那一时刻完成了变化，文体经过修整，变得简朴，得到更好的统御，成为更加清晰的东西。在很多地方，新文体不像以前的那么富于刺激，或者可以说，也不再那么新奇独特了。另外，它比以前的写起来要费劲得多。我还远未完成自己想做的事，远未到达自己想去的地方。关于下一本新书（村上春树注：指《冷血》），我想说的是，我将尽可能接近那个地方——至少从战略上。

在写《蒂凡尼的早餐》时，卡波特不得不经历长期呻吟痛苦的最大原因，恐怕就在于此时的"战略"转换。青年时代的卡波特能够流畅地、自然而然地编织"自己的故事"，但此时他已将近三十五岁，不可能永远当"神童"。

作为成年作家，他有必要再上一层楼。他总不能老是以自己少年时代的特殊体验为题材，继续写感觉派的故事。他必须为新小说寻求新的题材，必须创造与之相适应的新文体。为此，巨大的气力和时间成为必要。

他的尝试，至少在写本书的时候，可以说取得了成功。正如诺曼·梅勒预言的那样，《蒂凡尼的早餐》作为现代的一部"绝妙的经典"，至今仍在世间广为流传。在很多当时的"经典候补"经受不住岁月的考验，哧溜哧溜地顺坡滑落下去之后（梅勒本人的作品也在其中），《蒂凡尼的早餐》却稳稳当当地留存了下来。它的故事世界在许许多多人心中扎下了根。

但卡波特并非毫无损伤地渡过了这一难关。他为此失去的东西、不得不放弃的东西绝非少数。天衣无缝的纯粹、文章自由自在的飞跃、能够安然度过深重黑暗的自然免疫力——这些东西再也不曾重回他的手中。借用他自己的话，那就是他已经不再是"能自然而然写作的年轻人"了。而且，《蒂凡尼的早餐》取得成功之后，接踵而至的是同样，或者说是更严峻的苦痛绵绵不绝的日子。他这样写道：

　　有一天，我开始写小说。我完全不知道，自己的一生将被一位高贵却无情的主人用锁链囚禁。上帝在赐予你才能的同时，也给了你鞭子。鞭子是用来狠狠地抽打自己的……现在,我独自待在黑暗的疯狂之中。孤单一人,手里握着一把卡片……当然,这里也放着上帝赐予的鞭子。

所谓的鞭打自己(self-flagellation),毋庸赘言是为了追求体验耶稣基督所感受到的苦难而进行的宗教性自伤行为。卡波特的苦痛是从灵(精神的)与肉(物质的)的夹缝中产生出来的,这一点大概无有异议。卡波特故事中的主人公们也生活在这样的夹缝里。他们中的很多人希望生活在纯洁之中,但是在纯洁丧失之时(或多或少,有一天终会丧失),无论在哪里,他们的居处都会变成彻底的囚笼。于是,残留下来的只有婉曲的自伤。

《花房》的主人公奥蒂利经历苦难之后,再次获得了纯洁,但这终究是个例外。只有在海地贫困的深山中,才能实现此种爱的童话。《钻石吉他》中的希菲利被纯洁的象征——迪克·菲欧利用和背叛,回到了永远的幽闭之中,记忆残酷地将他的心劈裂。《圣诞节忆旧集》中的少年主人公,将使美好与纯洁具象化的东西通通埋葬到泥土之下,此后等待着他的,只有欠缺温润色彩的冷酷的成人世界。

《蒂凡尼的早餐》中,霍莉·戈莱特利最终迎来了什么样的结局,在书中并未写明。但无论她身处何等境况之中,我们都很难相信她能从对"心里发慌"与幽闭的恐惧中完全逃脱出来。主人公"我"想再见霍莉一面，但又并不积极，便是害怕看到她失去"纯洁"这一羽翼后的模样，而且恐怕他已经有了此种预感。他希望将霍莉作为童话故事的一部分，永远地留在脑海里。这对他是一种拯救。

尽管卡波特掌握了新的文体，可是接下去，他却无法寻找到适合这种文体的题材。卡波特是天赋优异的故事讲述者，但他并不具备随时随处自由地创造故事的能力。他所擅长的，是根据自己的直接体验来生动地完成故事。但是一旦题材用尽，那么无论他掌握了多么优秀的文体，也无法再写小说。而且他所处的新环境，并不能如他所愿源源不断地提供素材，以催生新的小说。恐怕是生平头一回，卡波特为写作感到痛苦。他的置身之处尽管繁华，却慢慢地变成了囚笼般闭塞的所在。

也许是为了从创作的痛苦中逃脱出来，他一度离开了虚构的世界。他在报纸上看到一则关于堪萨斯州一家人被杀害事件的报道，突然产生了激情，开始对事件进行彻底的调查。经过长达六年的调查取材，他完成了《冷血》这一杰出的非虚构作品。作家发现了新的故事素材：在宁静的乡村小镇，被无端残杀的一家四口；命中注定要杀害他们的两名不安定的外来者。在这种宿命的纠缠之中，包含着卡波特想要描写的故事，那是被压碎在对救赎的希望与难以逃避的绝望之间的人们的身影。卡波特把自己的身体和灵魂完全浸泡在那种紧迫的状况中，这超越了取材的领域，成为更加个人化、更加人性化的行为。事实一度支离破碎，通过杜鲁门·卡波特这部缜密的滤器而再度成形。卡波特将这部作品称为"纪实小说"，他所掌握的"第二期"的新文体，成为写作此书极为有效的武器。

这部作品为卡波特带来了空前的声名。从作品根源处释放出的力量、致密到完美的人物描写，几乎令每一个人折服。这又是一本堪称"现代经典"的作品。通过《冷血》，这位驱使着流丽文体的时尚都市派作家，终于变身为不折不扣的真正作家。但是，这本书在带给卡波特声名的同时，也从他身上夺去了很多活力。卡波特不遗余力地利用了那些素材，那些素材也不遗余力地利用、消耗了他。卡波特用他的灵魂交换了那些鲜活的素材——这么说也许太过极端，但我总是忍不住认为，也许在某个隐秘、幽深的地方发生了这样的交易。见证两名杀人犯被处决，使卡波特受到了沉重的打击，他似乎再也没有从这一打击中站起来。

至少就虚构作品而言，他在二十世纪五十年代所表现出的夺目光辉再也不曾重现。简言之，他不能写小说了。他于一九八〇年发表的短篇集《变色龙的音乐》，老实说有一种生拉硬扯般的不自然感；他去世后发表的丑闻之作《祈祷得回报》也终未完稿。无论哪一本，作为卡波特的作品都不能令人满意。

乔治·普利顿曾说，未来，卡波特大概将作为非虚构作家——而不是小说家，被人们铭记。我不这么认为，或者说，我不愿意这么认为。的确，以《冷血》为代表的卡波特的"非小说"，品质高妙而有意味，有其过人之处。但是无论有多好，《冷血》毕竟只有一部。卡波特作为作家的本来领域，我相信还是在小说世界中。在他的故事中，人们怀有的纯洁及其不久之后的去处，被描绘得无比美好、无比悲伤。那是只有卡波特才能描绘出的特别世界。还是高中生的我就是被那个世界所吸引，才得以体会到小说这一事物的奥秘之处。

主人公"我"相信霍莉·戈莱特利曾经拥有的"纯洁"这一羽翼，并决定一直相信下去。像他一样，我们也相信《蒂凡尼的早餐》中所描绘的美好而变幻无常的世界。说这是童话也好。不过，真正优秀的童话，能够以它独有的方式，给予我们生活下去所需要的力量、温暖与希望。

而小说家杜鲁门·卡波特，则用实例鲜明地告诉我们，所谓优秀的童话到底是什么。

(赵玉皎 译)

图书在版编目（CIP）数据

蒂凡尼的早餐 /（美）杜鲁门·卡波特著 ; 涂艾米,
朱子仪译. -- 4版. -- 海口 : 南海出版公司, 2025. 7.
ISBN 978-7-5735-0761-7

Ⅰ. I712.45
中国国家版本馆CIP数据核字第2025CB9412号

蒂凡尼的早餐

〔美〕杜鲁门·卡波特 著

涂艾米 朱子仪 译

出　　版	南海出版公司　（0898）66568511
	海口市海秀中路51号星华大厦五楼　邮编 570206
发　　行	新经典发行有限公司
	电话(010)68423599　邮箱 editor@readinglife.com
经　　销	新华书店
责任编辑	侯明明
特邀编辑	马希哲　黄奕诗
装帧设计	@muchun_木春
内文制作	王春雪
印　　刷	北京中科印刷有限公司
开　　本	889毫米×1194毫米　1/32
印　　张	7.5
字　　数	145千
版　　次	2008年10月第1版　2025年7月第4版
印　　次	2025年7月第1次印刷
书　　号	ISBN 978-7-5735-0761-7
定　　价	49.00元

版权所有，侵权必究
如有印装质量问题，请发邮件至 zhiliang@readinglife.com

著作权合同登记号　图字：30—2007—039

SUMMER CROSSING by Truman Capote
Copyright © 2006 by The Truman Capote Literary Trust
BREAKFAST AT TIFFANY'S by Truman Capote
Copyright © 1950, 1951, 1956, 1958 by Truman Capote
Copyright renewed 1978, 1979, 1984 by Truman Capote
This translation published by arrangement with Random House,
a division of Random House LLC
through Bardon-Chinese Media Agency
All rights reserved.

All rights reserved including the right of reproduction in whole or in part in any form. No part of this book may be used or reproduced in any manner for the purpose of training artificial intelligence technologies or systems.
This edition published by arrangement with Random House, an imprint and division of Penguin Random House LLC

Afterword by Haruki Murakami
© 2008 Harukimurakami Archival Labyrinth
All rights reserved.
This afterword originally published in the Japanese edition of "BREAKFAST AT TIFFANY'S" by Shinchosha Publishing Co., Ltd., Tokyo.
Chinese (in simplified character only) translation rights arranged with
Harukimurakami Archival Labyrinth, Japan
through THE SAKAI AGENCY and BARDON CHINESE CREATIVE
AGENCY LIMITED.